BE MY (NAUGHTY) VALENTINE

Déjà parus :

- *Seconde Chance*
- *An Unexpected Love*
- *Sinners & Saints, tome 1 : Escort*
- *Rebel Love* (réédition de *Ce que nous sommes* - City Éditions)
- *Blessures Muettes* (Éditions Bookmark)
- *Dark Skies*
- *Désirs défendus* (Hugo Publishing)
- *Summer Lovin'*
- *Chroniques de l'ombre, tome 1 : De désir et de sang* (Éditions Bookmark)
- *Chroniques de l'ombre, tome 2 : De rage et de passion* (Éditions Bookmark)
- *Fucked Up*
- *Slayer, tome 1 : Initiation* (Éditions Bookmark)
- *Slayer, tome 2 : Addiction* (Éditions Bookmark)
- *Maybe it's love* (Hugo Publishing)

Dans la même série :
- *Elites, tome 1 : Popul(i)ar*
- *Elites, tome 2 : Hide & Sick*
- *Elites, tome 3 : Under Your S(k)in*
- *Elites, tome 3.5 : Now & Forever*
- *Elites, tome 4 : Body & Soul*
- *Elites : Intégrale 1*

Copyright 2022 © F. V. Estyer
Tous droits réservés.
ISBN : 9798419772977
Couverture : MMC - Prodgraph
Photo de couverture : Rafa Casares
Modèles de couverture : Lucas & Javi
Illustrations : Trifia

f.v.estyer@gmail.com
https://www.facebook.com/fv.estyer

F.V. Estyer

BE MY (NAUGHTY) VALENTINE

Elites #4.5

CHAPITRE 1
Lane

À peine ai-je franchi la porte de la maison que je découvre Cooper en pleine partie de PlayStation avec Ian. C'est tout juste s'ils me jettent un regard, trop occupés à essayer de marquer, même quand je les salue rapidement. Génial. *Bonjour à vous aussi les mecs. Si ma journée s'est bien passée ? Oh, c'était divin.* Bordel. Je déteste être ignoré, et ils le savent pertinemment. Je crois d'ailleurs qu'ils le font exprès.

Je pousse un soupir et grimpe les marches menant à l'étage, et à ma chambre. Je balance mon sac par terre avant de me jeter sur le lit.

Parfois, je regrette d'avoir déménagé. Après tout, je me sentais bien avec Colt. Même avec Daniel, ce que je ne pensais pas pouvoir dire un jour. Mais il était temps que je prenne mon envol. Que je quitte le nid si confortable que Colt avait créé pour moi. Sans compter qu'il mérite son intimité, mérite de profiter de son mec sans m'avoir constamment dans les pattes.

Honnêtement, quand Cooper m'a proposé de récupérer la chambre de Vince qui venait d'être diplômé, j'ai hésité. Finalement, c'est aussi bien comme ça. Après tout, je suis sur le campus, ce qui raccourcit grandement mon temps de trajet, et je passe la plupart de mes week-ends dans le Connecticut de toute façon.

Jude me manque. C'est dingue, ce type me fait complètement perdre la tête. Sans lui, j'ai l'impression d'être perdu. J'ai toujours du mal à appréhender à quel point j'ai changé à son contact. Je crois que je lui en veux aussi, un peu, de m'avoir rendu si dépendant de lui. Non pas que l'ancien moi me manque, même si c'était marrant de jouer avec ces types, de voir à quel point je pouvais les faire ramper. Avec Jude, c'est moi qui ai dû ramper, chose que je n'aurais jamais cru possible. *Enfoiré*.

J'ouvre les yeux en entendant la sonnerie de mon portable.

— Quand on parle du loup…, ou qu'on y pense plutôt, dis-je en décrochant.

— Tu pensais à moi ?

Bordel, rien que le son de sa voix suffit à me filer des frissons.

— Bébé, je pense non-stop à toi.

— Je ne sais pas si je dois trouver ça mignon ou flippant.

J'éclate de rire et me redresse.

— Un peu des deux, je suppose ?

Il rit à son tour et nous parlons de tout et de rien, comme nous le faisons tous les jours. Nos conversations ne durent jamais très longtemps, mais il est rare que l'on passe une journée sans s'appeler. Nos discussions nous aident à tenir durant la semaine interminable – ou les semaines, dernièrement – avant que nous nous retrouvions. Et elles permettent aussi de lâcher du lest, de râler sur nos cours, nos profs, nos devoirs.

Et puis, de temps en temps, elles finissent par dévier vers quelque chose de plus sexy. Pas aujourd'hui, par contre, vu que des coups résonnent sur ma porte.

— Quoi ? crié-je.

La poignée tourne et Cooper passe la tête.

— Un paquet pour toi.
Il me balance le colis qui rebondit sur le matelas.
— C'est quoi ? demande mon pote en s'adossant à l'encadrement.
— Tu ne vois pas que je suis au téléphone, putain ?
Cooper lève les yeux au ciel avant de s'en aller et Jude éclate de rire dans mon oreille. Bordel ce que j'aime ce son.
— Alors, quoi de prévu, demain ? me demande-t-il.
— C'est une question rhétorique ? Parce que je pensais que le plan c'était de passer la soirée à baiser par caméras interposées.
En fait, ce n'est pas uniquement ça, même si, oui le sexe par cam est la finalité. Mais nous avons décidé de dédier toute la soirée à l'autre. Dîner aux chandelles et regards énamourés, comme si nous étions l'un en face de l'autre.
Nous *serons* l'un en face de l'autre, d'ailleurs, mais ça, Jude l'ignore. Je compte lui faire une surprise, et j'ai déjà tout prévu. Je sais qu'il ne s'y attend pas, et ce pour une bonne raison ; il me connaît. Le romantisme et moi, nous sommes incompatibles. Sauf que cette fois-ci, j'ai vraiment envie de faire les choses correctement, de lui prouver que je ne le prends pas pour acquis, et que chaque jour passé à ses côtés me rend plus heureux que je n'aurais jamais cru l'être.
— C'est un peu triste, tu ne crois pas ?
— Tu me vexes, là, bébé, ricané-je.
Je sens son sourire au téléphone.
— Tu me manques, c'est tout.
— Toi aussi.
C'est dingue, quand on y pense. Ce n'est pas comme si on ne se voyait pas régulièrement. Pourtant, ce n'est jamais suffisant.
Des voix se font entendre de l'autre côté du téléphone, et quelqu'un appelle Jude.
— Je dois te laisser. On m'attend.
— Pas de souci, et n'oublie pas : ne fais rien que je ne ferais pas.
— Ça ne laisse pas beaucoup de possibilités, dit-il en riant. On se parle bientôt ?
— Ouais.

Du coin de l'œil, j'avise le colis trônant au pied de mon lit. *Et plus vite que tu ne le crois.*

J'ai décidé de sécher mon après-midi de cours pour m'assurer de pouvoir choper Jude à la fin des siens. J'ai tellement hâte de le rejoindre que je force un peu trop sur l'accélérateur. Pas sûr que Kane apprécierait de recevoir mes amendes, c'est déjà chouette de sa part de m'avoir prêté sa Bugatti. Cela dit, elle est aussi bien avec moi qu'à prendre la poussière dans son garage. C'est surtout une faveur que je lui fais, en sortant son bébé pour une balade.

La circulation est dense aux abords de Boston, et s'il fait un temps magnifique et que la neige a cessé de tomber, elle s'accroche encore au paysage. Je jette un coup d'œil à l'heure sur le tableau de bord. J'ai bien fait de prévoir large, ça m'évite de stresser.

Je ne suis pas venu sur le campus du MIT depuis un paquet de temps, mais je me repère tout de même facilement. Connaissant l'emploi du temps de Jude par cœur, je sais où il est censé se trouver en cette fin d'après-midi : au laboratoire de Sciences Nucléaires.

Je me gare en face de l'entrée de l'immense bâtiment de verre et m'extirpe de la voiture. Je veux être certain de ne pas le louper. Je remonte la fermeture éclair de mon blouson en cuir pour me protéger de la froideur de cette journée, et observe les étudiants qui déambulent sur le trottoir.

Il ne me faut pas longtemps pour apercevoir Jude passer les portes. Un sourire étire mes lèvres tandis que je l'observe : son écharpe autour du cou, ses cheveux blonds ébouriffés, la manière dont il se déplace, avec cette grâce naturelle, la façon dont ses mains bougent alors qu'il discute avec son groupe d'amis. Je reste quelques longs instants à l'admirer, à m'attarder sur chaque détail de son visage si beau, si lumineux.

Mon estomac se serre brièvement. Et dire que j'ai failli tout gâcher…

Parfois, je me demande ce qui serait advenu de moi si je ne l'avais pas rencontré. Ou s'il me n'avait pas pardonné, et que nos chemins se soient séparés. Ce n'est pas une chose à laquelle j'aime songer, parce que plus le temps passe, et plus je me rends compte que sans lui, je ne peux pas respirer.

Au début, ça m'a fait flipper. C'est toujours un peu le cas, parfois. Cette dépendance, ce *besoin* que j'ai de lui…

Je secoue la tête pour chasser mes sombres pensées. Ce n'est ni le lieu, ni le moment.

Voyant qu'il continue de bavarder, je glisse deux doigts dans ma bouche pour siffler. Je sens les regards se tourner vers moi, mais je m'en tape. Parce que mon regard à moi est fixé sur Jude. Et lorsqu'il m'aperçoit enfin, que ses yeux vert d'eau deviennent aussi grands que des soucoupes et que le sourire qu'il m'offre lui bouffe le visage, mon cœur explose d'un bonheur qui me surprend toujours autant.

Tout à coup, c'est comme si le monde autour de nous n'existait plus. Jude accourt vers moi et j'ouvre les bras juste avant qu'il ne me fonce dessus. Son rire est chaud à mon oreille, et je le serre contre moi.

— Salut bébé, soufflé-je.

Il recule et demande :

— Qu'est-ce que tu fais là ?

— Oh, tu sais, je passais dans le coin, et je me suis dit « et si je faisais un léger détour par le MIT » ?

Il me frappe le torse et j'éclate de rire avant d'emprisonner son visage froid entre mes mains.

Incapable d'attendre une seconde de plus, je pose ma bouche sur la sienne. Jude se colle davantage contre moi, plaquant mon corps contre la voiture tandis qu'il glisse sa langue entre mes lèvres.

Mes mains caressent ses joues, les siennes s'enfoncent dans mon dos, si fort que je peux les sentir malgré l'épaisseur de mon blouson.

— Est-ce qu'on est en train de se donner en spectacle ? demandé-je contre ses lèvres.

— Est-ce que ça te plaît tant que ça ? réplique-t-il du tac au tac.

— Qu'est-ce qui te fait croire ça ?
— Je te connais, abruti.
Je souris et l'embrasse brièvement.
— Tu es prêt à partir ?
— Je suis prêt pour un tas de trucs, en ce moment.
Je frotte mon nez contre le sien avant de l'inciter à reculer. C'est dingue, quelques caresses, quelques baisers, c'est suffisant pour nous enflammer.
— Ça tombe bien, parce que nous avons un programme chargé, dis-je avec un clin d'œil.
— Tu m'en diras tant.
J'effleure une dernière fois sa joue avant de l'inviter à monter dans la voiture.
À peine ai-je mis le moteur en route que le chauffage me frappe de plein fouet.
— Merde, ça fait du bien, déclare Jude en posant ses mains contre les bouches d'aération.
— T'inquiète, bébé, je compte bien te réchauffer.
Il se tourne vers moi et me sourit.
— Ah ouais ? Et comment tu comptes t'y prendre ?
— J'ai fait une liste.
— Évidemment, ricane-t-il.
Je ne relève pas son ton sarcastique et me contorsionne pour fouiller dans la poche arrière de mon jean avant de la lui tendre.
Jude la saisit, et ses yeux s'écarquillent au fur et à mesure qu'il la lit. L'éclat de rire qui suit me file la chair de poule.
— Sacré programme.
Ouais, je sais. Et encore, je me suis contenu. Le truc, c'est que je veux tout faire avec lui, tout expérimenter. Je veux que jamais le sexe entre nous ne devienne routinier, que nous trouvions constamment de nouvelles idées. Je veux faire durer la passion, je veux entretenir cette flamme qui n'a cessé de brûler entre nous depuis le soir où nous nous sommes rencontrés.
— Je me suis donné beaucoup de mal pour établir cette liste.
— J'imagine, oui, déclare Jude en ricanant. Et tu as apporté le matériel qui va avec ?

Je fronce les sourcils comme pour lui dire *à croire que tu ne me connais pas*. Mais au lieu de répondre, je me tourne sur mon siège et me penche à l'arrière pour récupérer une boîte empaquetée.

— Je suppose que ce ne sont pas des chocolats, répond Jude.

— Oh, non bébé, c'est beaucoup mieux que ça.

CHAPITRE 2
Jude

Tandis que Zane quitte le campus, je ne regarde pas la route. Non, je suis concentré sur lui, sur ses traits ciselés, sur la façon dont ses mains tiennent le volant. Je veux ses mains sur mon corps, tout de suite, à tel point que je me tortille sur mon siège, espérant qu'on arrive à destination – peu importe laquelle – rapidement.

— Arrête de me mater comme ça, Manning, grogne-t-il en me jetant un rapide coup d'œil.

— Tu adores ça.

Ses lèvres s'incurvent, mais il ne répond pas. Je finis par reporter mon attention sur la liste que je tiens toujours entre les mains. Comme d'habitude, Zane a tout prévu, et autant dire que cette soirée risque de nous épuiser. Je n'arrive toujours pas à croire qu'il soit vraiment là, et mon cœur ne cesse de battre un peu trop vite depuis que je l'ai découvert, adossé contre la voiture.

— Question. La pipe dans la voiture, tu la donnes ou tu la reçois ?

Il réfléchit quelques instants.

— On pourrait tirer à pile ou face ? propose-t-il.

— Autre question. Tu n'as pas peur d'abîmer la caisse de Kane ? Pas sûr qu'il soit ravi de retrouver des traces de sperme.

Zane profite de l'arrêt à un feu rouge pour me regarder. Son sourire s'étire et je devine ce qu'il va dire avant même qu'il le fasse.

— Alors tu vas devoir prendre soin de tout avaler.

Il me lance un clin d'œil et je grogne pour la forme.

Évidemment.

De toute façon, je n'avais pas de pièce.

Alors que je pensais que Zane allait nous trouver un endroit tranquille pour pouvoir rayer l'une des activités de sa liste, je suis surpris lorsqu'il s'engage vers le Boston Harbour Hotel. Je me tourne vers lui et lui lance un regard perplexe.

— Quand tu parlais d'une pipe dans cette bagnole, je pensais à un endroit un peu plus… intime.

— Vraiment ? Moi qui espérais développer chez toi des tendances exhibitionnistes.

Je grimace pour toute réponse, mais il éclate de rire et secoue la tête, se dirigeant sur les pavés couleur brique et s'arrêtant juste devant l'entrée.

— Je n'ai pas dit que la liste serait suivie dans l'ordre, déclare-t-il avec un clin d'œil.

Un voiturier se précipite à notre rencontre, et je n'ai pas le temps de me rendre compte de ce qui se passe que ma portière s'ouvre pour m'inviter à sortir. Je jette un coup d'œil ahuri à Zane qui me répond :

— À moins que tu veuilles vraiment avoir ce type comme témoin ?

Je lève les yeux au ciel, attrape la boîte toujours fermée qui se trouve sur mes genoux et m'extirpe de l'habitacle en saluant l'employé, imité par Zane.

Il abandonne la caisse aux mains du voiturier, je lève la tête vers la façade de l'hôtel, composée d'immenses fenêtres carrées entourées de briques rouges. Le Boston Harbour est l'un des plus beaux établissements de Boston, un des plus chers aussi, et j'imagine que Zane a voulu marquer le coup en m'emmenant boire un verre au Rowes Wharf Bar.

Il me rejoint et passe son bras sous le mien, tenant dans sa main libre un petit sac de voyage. Je voudrais lui demander ce qu'il y a dedans, mais je n'en ai pas le temps. Parce qu'au lieu de nous diriger vers le bar comme je le supposais, Zane avance d'un pas ferme jusqu'au comptoir de la réception.

— Bonjour, déclare-t-il en arrivant devant la réceptionniste. Nous avons une réservation au nom de Zane Miller.

Je cesse de respirer l'espace d'un instant, puis me tourne vers lui.

— Zane…

Ses joues prennent une légère teinte rosée, qui n'a rien à voir avec le froid. Nous nous fixons en silence un temps infini. Une boule me noue la gorge, mélange de bonheur et d'appréhension.

Qu'est-ce que tu as fait ?

Une fois dans l'ascenseur, je suis soulagé de constater que nous ne sommes pas seuls. Depuis que nous avons récupéré les clés de la chambre, je n'ai pas ouvert la bouche, trop choqué par ces dernières minutes. Zane le sait, il me connaît par cœur, tout comme il sait que je ne pourrai rien dire avant que nous ne nous retrouvions seuls.

Ce qui finit par arriver. Nous remontons le couloir, puis nous arrêtons devant la porte de notre chambre. Et tout à coup, je me sens mal à l'aise. Chose qui ne m'était pas arrivée depuis une éternité en présence de Zane.

Il est sur le point d'ouvrir, mais s'arrête pour se tourner vers moi.

— Quelque chose ne va pas ?

Je secoue la tête, la gorge trop sèche pour parler. Je n'ai pas envie de gâcher cette soirée, au contraire, j'ai conscience de ma chance, pourtant…

Je ferme brièvement les yeux et prends une profonde inspiration pour me donner une contenance et calmer mes nerfs à fleur de peau. Sauf que lorsque je pénètre dans la chambre, que j'avise l'immense lit, le mobilier en bois… je ne sais plus quoi dire.

Zane dépose son sac sur l'élégant fauteuil en cuir bleu marine, ôte son blouson, et s'avance vers moi.

— Bébé ?

Je cligne des paupières, et le laisse me prendre la boîte des mains pour la poser sur le bureau et revenir se poster devant moi. Il enlève mon écharpe, déboutonne mon manteau que je finis par enlever d'un coup d'épaules.

— Parle-moi. S'il te plaît, murmure-t-il.

Sa main se pose sur ma joue qu'il caresse doucement, et je lève les yeux pour rencontrer les siens, emplis d'inquiétude.

— C'est… c'est beaucoup trop, soufflé-je.

Il laisse retomber sa main et recule.

— Je pensais que ça te ferait plaisir, dit-il d'une voix triste qui me tord l'estomac.

— Ça me fait plaisir, mais… Zane.

Il passe une main dans ses cheveux et secoue la tête avant de se laisser tomber sur le matelas. Je voudrais le rejoindre, mais j'ai besoin de comprendre ce qui est en train de se passer. D'un pas hésitant, j'avance jusqu'à l'immense vitre donnant sur la baie. Malgré le froid de ce mois de février, le soleil est éclatant et se reflète sur l'eau tranquille.

— Ce n'est pas comme ça que j'imaginais passer notre Saint Valentin, soupire Zane, et je devine combien il est déçu de ma réaction.

En fait, je crois qu'il ne la comprend pas. Ce qui est de ma faute.

Je finis par me détourner du paysage pour combler la distance qui nous sépare.

— Tu l'imaginais comment ? demandé-je pour tenter d'alléger l'ambiance.

— Honnêtement ? Je pensais te plaquer contre le foutu mur de cette chambre à peine la porte fermée pour t'embrasser comme je meurs d'envie de le faire depuis trois semaines.

Je me mords les lèvres, mon cœur battant jusque dans mes tempes.

— Je suis désolé.

— Ne sois pas désolé, bébé. Dis-moi simplement ce qui ne va pas, s'il te plaît.

Je déteste qu'il se sente aussi paumé, aussi inquiet. Je déteste ça, mais quelque part, je crois que ça me réconforte. De constater que notre relation a tellement évolué au fil du temps que nous avons suffisamment confiance l'un en l'autre pour ne rien nous cacher, pour nous montrer francs.

— Tout va bien. Je t'assure. Et je suis tellement, tellement content que tu sois là.

Ses lèvres s'étirent légèrement à mes mots, et je souris aussi.

— C'est simplement que… je n'ai pas besoin de tout ça. Je n'ai pas besoin d'une chambre de luxe dans des palaces pour être heureux. J'ai juste besoin de toi.

Il hoche la tête, comprenant où je veux en venir.

Notre différence de statut social, c'est la raison première de notre rencontre. Zane voulait un avenir, et il était prêt à tout pour l'obtenir, quitte à me briser, à *nous* briser. Et je sais que malgré tout, c'est quelque chose qui rôde souvent aux abords de son esprit.

— Je sais que tu n'attends pas ça de moi, soupire-t-il. Comme je n'attends pas non plus de mener une vie de luxe grâce à toi.

Il est sincère. Je le sais. C'est une chose derrière laquelle il a couru autrefois : l'argent, les privilèges… plus maintenant.

— Est-ce que c'est pour ça que je ne t'ai pas vu depuis si longtemps ? Pour que tu puisses… m'offrir tout ça ?

Il hoche la tête, l'air penaud.

— J'ai fait des extras les deux derniers week-ends, parce que je voulais que cette soirée soit exceptionnelle. Mais maintenant… j'ai l'impression qu'à vouloir trop en faire, j'ai tout gâché.

Je me tourne vers lui et tends le bras, nouant mes doigts aux siens.

— Ne dis pas ça, Zane. Tu n'as rien gâché du tout.

Il me sourit et se penche pour déposer un baiser aérien sur mes lèvres.

— Tu mérites le monde, Jude Manning. Et j'aimerais pouvoir te l'offrir, vraiment. Mais à défaut, laisse-moi au moins t'offrir ça.

Mes yeux s'embuent à ses paroles, et je ferme brièvement les paupières pour refouler mes larmes.

— Est-ce que ce sera toujours comme ça entre nous ? Toi qui cherches constamment à te racheter, et moi qui fais semblant de ne rien voir ?

Il fronce les sourcils et demande :

— C'est vraiment ce que tu penses ?

— J'ai tort ?

— Je ne sais pas, bébé. Peut-être que non. Mais au fond, tout ce que je veux, c'est te montrer que je ne prends pas notre relation pour acquise, que je sais combien j'ai de la chance de t'avoir trouvé, et surtout, la chance que tu m'aies pardonné.

Cette culpabilité, je me demande s'il cessera un jour de la ressentir, s'il finira par accepter que ses erreurs font partie de lui, mais qu'elles appartiennent au passé.

— Je t'aime, Zane. Je t'ai aimé même quand j'ai su la vérité. J'ai aimé cet enfoiré qui m'a brisé le cœur, mais j'aime encore plus celui qui m'a aidé à le réparer.

Cette fois-ci, son sourire est vrai, et grand. Et quand il se penche de nouveau vers moi et que sa bouche capture la mienne, je comprends qu'il est temps de mettre nos doutes, nos peurs de côté, et de vraiment profiter de notre soirée.

CHAPITRE 3
Zane

Sans jamais arrêter d'embrasser Jude, je le pousse sur le lit et recouvre son corps du mien.

— Pas de mur, alors ? demande-t-il d'un ton taquin.

Je ris et effleure son visage de mes doigts.

— On a toute la soirée pour ça… ils ne vont pas s'effondrer. Du moins j'espère.

Jude sourit et glisse ses mains dans mes cheveux. Il les tire légèrement, m'incitant à rejeter la tête en arrière pour accéder à ma gorge. Il lèche ma pomme d'Adam, enfonce ses dents dans ma peau et je frissonne. Je veux qu'il laisse des marques sur ma chair, je veux montrer au monde qu'il est désormais le seul à pouvoir me toucher, à pouvoir m'embrasser, à pouvoir me posséder jusqu'à ce que je finisse par me consumer.

Sa langue remonte le long de ma mâchoire avant de m'inciter à écarter les lèvres. Nous nous embrassons longuement, et j'en profite pour enfouir mes mains sous son tee-shirt et le remonter.

Nous prenons notre temps, nous taquinant, nous attisant, ondulant l'un contre l'autre jusqu'à ce que ma queue soit si dure que c'en est douloureux. Une douleur qui m'excite toujours plus.

Je déboutonne son jean et attrape son membre à travers le tissu de son boxer. Je le caresse lentement, aimant la façon dont il se cambre à ma rencontre.

Nos râles et nos soupirs emplissent la pièce, nous entourant d'une bulle de luxure et de bien-être. En parlant de bien-être...

— Tu n'as toujours pas ouvert la boîte, constaté-je.

— C'est urgent ?

— Plutôt, oui. Il y a quelques petits trucs dont on va avoir besoin.

Il me repousse aussitôt et se redresse avant de se précipiter vers le bureau.

— J'ai attisé ta curiosité on dirait, dis-je d'une voix amusée.

— Il n'y a pas que ma curiosité que tu as attisée.

Je jette un coup d'œil à son érection, qui a laissé une tâche humide sur son boxer. Puis je me relève, le rejoins, et entreprends d'ôter complètement son tee-shirt, suivi de son jean. J'en profite pour mordiller sa queue à travers le tissu, aimant le gémissement qui s'échappe des lèvres de Jude. Il se rue contre moi, quémandant davantage de caresses. J'adore ça. Le voir si réceptif, voir à quel point il aime ce que je lui fais. Ses mains seraient déjà en train d'agripper mes cheveux s'il ne tenait pas la boîte, et je décide d'arrêter de le torturer.

— Allez, ouvre.

Jude s'empresse de déposer son – ou devrais-je dire « notre » – cadeau sur le lit. C'est presque avec dévotion qu'il défait le ruban rouge avant d'ôter le couvercle tandis que je m'assois pour l'observer.

— Définitivement pas des chocolats, souffle-t-il en avisant son contenu.

Je ris et l'observe tandis qu'il commence à fouiller à l'intérieur.

— Tu crois qu'on va avoir le temps de tout utiliser ? Parce que ça me paraît un peu présomptueux.

Il me lance un regard sceptique et je secoue la tête.
— Pas forcément, mais c'est pas comme si le temps nous était compté. On aura des tas d'autres occasions. Pas vrai ?
Il ne répond pas tout de suite, et mon cœur cesse de battre l'espace d'une fraction de seconde.
— Pas vrai ? répété-je, essayant de ne pas flipper sous son silence.
Il le sent pourtant, et cligne des paupières.
— C'était une vraie question ?
J'aimerais lui répondre « non », que j'ai juste lancé ça sans arrière-pensée, mais notre récente conversation m'a fait peur. C'est ridicule. Jude et moi avons survécu à beaucoup d'épreuves, qui n'ont fait que renforcer les sentiments que nous éprouvons l'un pour l'autre, mais je ne peux m'empêcher de me demander si un jour, nous finirons par exploser.
— À toi de me le dire, répliqué-je.
Jude arrête sa fouille et attrape mon visage entre ses mains.
— Hé, arrête de flipper. Tu n'as pas entendu la partie où je t'ai dit que je t'aimais ?
J'ancre mon regard au sien, et une boule me noue la gorge.
— Est-ce que c'est suffisant ?
Parfois, je me le demande. Et parfois, je m'interroge aussi sur les raisons pour lesquelles Jude est tombé amoureux de moi. Je me suis comporté comme le pire des enfoirés, je l'ai fait souffrir, je lui ai menti, j'ai profité de sa naïveté… je ne devrais pas avoir la chance de l'avoir toujours à mes côtés.
Contre toute attente, Jude sourit. Un sourire empli d'amour et d'affection.
— Tu sais, il m'arrive d'oublier que sous tes sarcasmes et ton air je m'en foutiste, tu as autant de failles que moi.
— Beaucoup plus, bébé, soufflé-je, souriant malgré tout.
Jude se penche et m'embrasse doucement, nos bouches glissent l'une contre l'autre tandis qu'il se rapproche de moi, se calant entre mes jambes.
— Tu sais que tu n'as pas besoin de faire semblant avec moi, pas vrai ?
Je hoche la tête.

Je sais. C'est une leçon que j'ai apprise auprès de lui. Parce qu'après les mensonges et la manipulation, s'en sont ensuivies la vérité, l'honnêteté. Et même si ça peut faire mal, je ne veux plus jamais lui cacher quoi que ce soit. Peu de gens connaissent réellement le *vrai* moi. En fait, hormis Colt, Jude est le seul à qui j'ai laissé l'occasion de le découvrir. Et ça me va. J'aime être cet empêcheur de tourner en rond, un peu trop brut, un peu trop cinglant, mais de temps en temps, c'est agréable de permettre à l'autre de voir le côté abîmé qu'on n'ose pas tellement montrer.

Jude ôte ses mains de mon visage pour fouiller de nouveau dans la boîte.

— C'est quoi ça ? demande-t-il en brandissant un carton de forme rectangle enveloppé dans du papier.

L'un des cadeaux dont je veux garder la surprise.

— Ça, c'est pour après.

Un frisson d'anticipation envahit mon échine à cette pensée. J'ai hâte d'arriver à cette partie de la soirée.

— OK. Vu que je sais que c'est inutile de poser plus de questions, dis-moi par quoi on commence ? Il y a tellement de trucs là-dedans... Sérieux ?

Il me coule un regard amusé en me montrant sa trouvaille. Une paire de menottes en frou-frou noire.

— On sait jamais, dis-je en haussant les épaules.

— Avoue que c'est ton cadeau pour le mariage de Cooper et Kane qui t'a donné des idées ?

Je m'esclaffe et réponds :

— Peut-être.

Mais oui, clairement. Quand j'ai choisi de quoi remplir leur panier garni bien particulier, j'ai tout commandé en double.

J'attrape les fesses de Jude et le rapproche, déposant des baisers sur son ventre plat.

— Bon et si on arrêtait de parler et qu'on démarrait les festivités ? Qu'est-ce tu dirais d'un massage ?

Quand je lève la tête et que je croise son regard, je découvre que ses jolis yeux sont devenus plus brillants.

— Ça me va carrément.

J'observe Jude, allongé, totalement nu, sur la couette protégée par une serviette. Je me délecte de son corps détendu, de ses fesses rebondies, de la courbe de son dos, de ses jambes fines aux poils blonds. Bon sang, jamais je ne me lasserai de cette vision.

— Bon alors ? Tu passes ta soirée à me mater ou tu me masses ? s'impatiente-t-il en braquant ses yeux sur moi.

— Je t'avoue que j'hésite un peu.

Il lève les yeux au ciel et répond :

— Si ça continue comme ça, je me rhabille.

— Hors de question.

— Alors approche et touche-moi, déclare-t-il d'une voix agacée.

— Comment résister quand tu me parles comme ça ? ricané-je.

Pour toute réponse, Jude se cambre légèrement, relevant son cul avant d'écarter les jambes. Ma queue se tend face à cette vision, et si je m'écoutais, je laisserais tout tomber pour m'enfoncer en lui. Sauf que j'ai envie de faire durer le plaisir. Je veux que cette soirée ne soit que luxure et volupté, et que nous prenions notre temps.

Lentement, j'avance vers lui, puis entreprends de me déshabiller. Le regard fiévreux de Jude tandis qu'il m'observe ôter mes fringues l'une après l'autre embrase mes veines. Je prends mon temps, laissant descendre mes mains le long de mon torse, agrippant ma queue par-dessus le tissu de mon boxer, observant mon mec qui se lèche les lèvres comme s'il était impatient de me goûter.

Un peu de patience, bébé.

Je me débarrasse de mon sous-vêtement d'un coup de pied avant de poser un genou sur le lit et d'ouvrir la bouteille d'huile de massage comestible. Jude tressaille lorsque j'en verse une quantité généreuse sur son dos et il pousse un soupir lorsque je commence à l'étaler.

Je fais glisser mes paumes sur sa peau, massant ses épaules, ses bras, sa nuque. À chaque gémissement de Jude, ma queue enfle de plus en plus. Je le caresse, appuyant légèrement sur ses reins, descendant jusqu'à ses fesses. Jude se cambre lorsque mon doigt effleure son entrée, mais je ris et continue mon chemin. Je pétris ses cuisses, ses mollets, enfonce mes pouces dans la plante de ses pieds.

— C'est tellement bon, soupire Jude.

— Et tu n'as encore rien vu.

Il glousse et pousse un profond soupir de bien-être lorsque mes mains remontent le long de son corps. Je le masse sans m'arrêter, jusqu'à ce qu'il soit complètement détendu. Puis je me glisse à califourchon sur lui et laisse reposer ma queue au creux de ses fesses. Jude se pousse contre moi, me faisant comprendre ce qu'il attend. J'attrape mon membre, l'enduit d'huile, et frôle son entrée de mon gland, sans jamais le pénétrer.

— Putain ! grogne Jude, et je ris de plus belle.

Alors je me penche vers lui, attrape ses cheveux pour l'inciter à relever la tête et ma bouche recouvre la sienne. Nous nous embrassons longuement, langoureusement, laissant nos langues danser ensemble avant que je ne le relâche. Jude gémit et je souris avant de reprendre mon massage. Mais cette fois, en plus de mes mains, mes lèvres sont également de la partie. Tandis que je m'attarde sur ses flancs, ma langue court le long de sa colonne vertébrale, jusqu'à ses reins, jusqu'à ses fesses que je mords. Puis je les écarte, dévoilant son trou serré. Jude se tend sous moi, et je peux presque goûter son impatience. Mon pouce appuie sur son entée et Jude couine. Je souris et me penche pour le lécher. Un petit cri s'échappe de sa gorge tandis que j'enfonce ma langue en lui.

De ma main, j'attrape sa queue qui repose entre ses cuisses et masse son gland. L'odeur de noix de coco envahit la chambre, mêlée à celle de notre excitation.

— Zane..., supplie Jude d'une voix qui m'arrache un frisson.

Je reprends mes caresses, écartant son cul parfait pour le lécher de nouveau. Je peux pratiquement voir la chair de poule sur la peau de Jude, mais je me concentre sur ses réactions, sur la manière dont il se cambre contre moi, quémandant. Je remplace ma langue par mes doigts, le baisant doucement d'une main tandis que l'autre caresse son membre. Jude tente de lever le bassin pour faciliter mes mouvements sur sa queue, mais je la libère pour appuyer sur son dos, lui intimant de ne pas bouger. Son grognement me fait ricaner, mais en échange de son obéissance, je remplace mes doigts qui vont et viennent en lui par mon sexe.

Un soupir s'échappe lorsque je le pénètre doucement. Je ressors complètement. M'enfonce à nouveau. Ses bras s'écartent et ses mains s'agrippent aux draps. Je continue de le baiser, dans un rythme lent, et ses gémissements m'excitent de plus en plus.

Il ne m'en faudrait pas beaucoup pour jouir, mais là encore, je compte faire durer le plaisir. Je laisse ma queue glisser hors de lui, rigole face à son grognement de frustration. Calant mon érection entre ses deux globes de chair, je reprends mon massage, caressant, pétrissant sa peau. Je le masse jusqu'à ce que mes bras soient douloureux, alors je lui demande de se retourner. Il obéit, et son regard brillant croise le mien. Ses lèvres s'incurvent en un sourire et je me penche pour l'embrasser.

Mon corps recouvre le sien, rendu glissant par l'huile. Nous ondulons ensemble, tranquillement. Nous avons toute la nuit devant nous, et j'ai envie de profiter de chaque instant, de sa présence, de son corps soudé au mien, de ses doigts qui fourragent dans mes cheveux. Mes lèvres dévient vers sa mâchoire, sa gorge. Il rejette la tête en arrière et je suçote sa pomme d'Adam avant de planter mes dents dans sa chair. Sa prise sur ma tignasse se raffermit et il se rue contre moi, me faisant gémir.

— Tu vas me rendre fou, gémis-je contre sa peau.

Il glousse et sa main libère mes cheveux, descend le long de ma nuque. Ses doigts s'enfoncent dans mon dos. Je reprends sa bouche, l'embrassant profondément avant d'ancrer mon regard au sien.

Nous demeurons un long moment plongés dans cette intimité que nous avons construite au fil des années et qui me subjugue toujours autant.

Mon index retrace sa pommette, son menton, ses lèvres. Parfois, je me dis que je ne le mérite pas. Je ne mérite pas ses sourires, ses baisers, son amour. Je le regarde, et je me demande pourquoi. Pourquoi est-ce qu'il m'a choisi, moi ? Après tout ce que je lui ai fait subir, après mes mensonges et ma manipulation…

— Arrête.

Sa voix claque dans l'air et je cligne des paupières.

— Quoi ?

Il ricane et emprisonne mon visage.

— Tu crois que je ne te connais pas ? Tu crois que je ne sais pas ce qui se passe là-dedans ? demande-t-il en laissant remonter sa main jusqu'à ma tempe.

Je souris malgré la boule dans ma gorge.

— Si. Tu me connais. Tu me connais plus que personne d'autre ne le pourra jamais…

— Exactement. Je sais pratiquement tout de toi, Zane. Le pire, ouais, mais surtout le meilleur. Donc arrête, OK ? Ce qu'on vit tous les deux, je ne pensais jamais le vivre avec qui que ce soit.

Je pousse un soupir et niche ma tête au creux de son cou.

Il m'enlace et nous restons là, le silence uniquement perturbé par nos respirations.

— Alors dis-moi… déclare Jude un moment plus tard. C'est quoi la suite du programme ?

Je souris contre sa peau, embrasse sa clavicule et relève la tête.

— Oh, bébé. J'ai cru que tu ne le demanderais jamais.

Après avoir pris une longue douche sensuelle dans l'immense cabine de la salle de bains, nous nous préparons pour aller dîner. Jude s'est presque rhabillé tandis que je suis toujours nu sur le lit.

— Tu comptes sortir comme ça ?

— Pourquoi pas ? Je suis sûr que j'éblouirais beaucoup de gens.

Jude lève les yeux au ciel.

— Ouais, tu vas faire fureur avec ta bite toute recroquevillée à cause du froid.

J'attrape un oreiller et le lui balance.

— Dis surtout que tu refuses que d'autres que toi me voient à poil.

— Parce que ce n'est pas évident ? Je vais vraiment devoir demander à Cooper et Ian si tu te balades tout nu dans la maison.

Je ris à cette idée. J'aurais pu, cela dit, mais pas certain que mes colocs auraient apprécié. Ils auraient été trop jaloux.

— Sinon, pour répondre à ta question, non, je ne compte pas aller dîner comme ça, mais j'ai prévu quelque chose.

— Quoi donc ? demande Jude en fronçant les sourcils.

— Le numéro 1.

Son visage s'éclaire quand il comprend que je fais référence à ce qui se trouve dans la boîte. Aux objets emballés qui ont attisé sa curiosité.

Jude se précipite vers son cadeau et fouille dedans pour en sortir un paquet recouvert de papier cadeau qui porte l'inscription « #1 ».

Il le déballe rapidement et j'observe son visage passer de la surprise à l'amusement.

— J'imagine que ça t'est destiné, dit-il d'une voix enjouée.

— Ouais, je me suis dit que… tu sais… ça allait être à ton tour de me torturer un peu.

Son sourire se fait narquois et il me lance un clin d'œil.

— Oh, mec. Tu n'as pas idée.

Si. Mais ce n'est pas grave, parce que je sens que ça va être un grand moment.

F.V. Estyer

CHAPITRE 4
Jude

Il pleut doucement lorsque nous quittons l'hôtel. Après avoir récupéré les clés auprès du voiturier, Zane s'installe derrière le volant, faisant courir ses doigts sur le cuir.

— Avoue que tu adores ça, dis-je en l'observant.
— Cette voiture est complètement dingue.
— Je me demande encore comment tu as réussi à le convaincre de te la prêter.

Certes, ce n'est qu'une bagnole, et Ackermann est loin d'être un type matérialiste, mais c'est une putain de bagnole, et je crois que même moi je lâcherais une larme si jamais elle était abîmée.

Zane se tourne vers moi avec un immense sourire.

— Je peux être très persuasif, déclare-t-il d'une voix taquine qui me file des frissons.

C'est peu de le dire, en effet. Et je suis bien placé pour le confirmer. J'ai du mal à me souvenir de ma vie avant que Zane vienne la retourner. Je me rappelle simplement à quel point elle était... plate, sans saveur. Je ne blâmerai jamais Taylor pour ça, tout comme je me sens toujours coupable de l'avoir blessée. Mais Zane... il a débarqué, un ouragan incontrôlable qui a fait basculer mon monde et l'a laissé sens dessus dessous.

Avec lui, j'ai connu la douleur, j'ai connu le chantage, j'ai connu le mensonge... mais j'ai surtout découvert le désir, la passion... et l'amour.

Nous nous sommes fait mal, terriblement mal, tant que je n'étais pas certain que nous parvenions à nous relever. Et pourtant, nous sommes là, ce soir, dans cette voiture, tous les deux. Ce soir, et tous les suivants également. J'ai envie de croire qu'ensemble, nous sommes éternels, et que rien ne pourra nous séparer. Parce que nous avons survécu à tout ce qui aurait pu nous briser.

— Bébé ?

Je me tourne vers lui. Nous sommes arrêtés à un feu rouge et il en profite pour me regarder.

— Ça va ? demande-t-il en fronçant les sourcils.

Une bouffée d'émotions m'étreint. Si puissante que j'en ai les larmes aux yeux.

Zane tend le bras, pose sa main sur ma joue, et je ferme les paupières pour profiter au mieux de ce contact.

— Qu'est-ce qui se passe ?

Il semble inquiet tout à coup, et je souris pour le rassurer. Nous nous fixons un long moment, et je me noie dans ses yeux bleus qui s'écarquillent lorsque je murmure :

— Je veux vieillir avec toi, Zane.

Il se penche vers moi et murmure :

— Et moi, je vote pour qu'on ne vieillisse pas.

— D'accord, Peter Pan.

Je souris et le laisse m'embrasser profondément.

Ce n'est que lorsque les klaxons retentissent autour de nous que nous consentons à nous détacher l'un de l'autre.

Et pendant toute la durée du trajet, la main de Zane repose sur ma cuisse, nos doigts entremêlés.

Nous nous garons devant un pub animé et je souris à Zane. Je le connais, je savais qu'il ne m'emmènerait pas dans un endroit trop guindé – et pas seulement parce que je n'ai pas de tenue appropriée pour – mais parce que ça ne nous ressemble pas. Nous préférons les tables en bois abîmées, les burgers gras et les endroits bondés plutôt que les nappes blanches, l'argenterie, et les assiettes bien présentées qui ne nous nourrissent pas.

Sans compter que ce pub, ce n'est pas n'importe lequel. C'est celui où nous échouons constamment les rares fois où nous nous retrouvons ensemble à Boston. C'est l'endroit où nous avons ri, où nous avons passé des heures à picoler pour retarder la nuit, retarder le lendemain, retarder le moment où nous devions nous séparer.

Je souris en avisant la devanture éclairée.

— Prêt à te péter le bide ? demande Zane en se tournant vers moi après avoir éteint le moteur.

— Je suis surtout prêt à essayer ce nouveau jouet.

Zane ricane et se penche vers moi avant de m'embrasser.

— N'en abuse pas trop. Éjaculer dans mon pantalon en plein dîner, ça ferait vraiment mauvais effet.

— Alors il va falloir que tu apprennes à te contrôler, répliqué-je avec un clin d'œil.

Il rit et nous finissons par sortir de la voiture, trottinant jusqu'à l'entrée pour éviter de se faire tremper par la pluie qui tombe de plus en plus fort.

Zane tire la lourde porte vitrée et nous nous engouffrons à l'intérieur. Aussitôt, je suis happé par la chaleur, les rires, les voix qui s'élèvent dans une joyeuse cacophonie. Le bar est noir de monde, mais nous parvenons tout de même à nous faufiler jusqu'à une table haute.

Nous nous débarrassons de nos manteaux que nous abandonnons sur l'un des porte-manteaux déjà blindés et je passe une main dans mes cheveux légèrement mouillés avant de me glisser sur le tabouret.

Nous essayons d'alpaguer un serveur, mais ils sont tous en train de courir dans tous les sens.

— Je vais aller nous chercher à boire au bar, déclare Zane.

— Tu es sûr que c'est une bonne idée ?

Il me lance un regard sceptique avant que son visage ne s'éclaire.

— Oh, la meilleure qui soit.

Il fait volte-face et s'éloigne, et je ne perds pas de temps avant de récupérer la petite télécommande qui se trouve dans ma poche. Je ne m'en sers pas tout de suite, parce que je sais qu'il s'y attend, et que je préfère le prendre par surprise. Je l'observe tandis qu'il joue des coudes pour se frayer une place devant le comptoir, m'attardant sur son corps élancé, sur ses longues jambes et ses fesses bombées dans son jean. Jean qu'il a choisi exprès, parce qu'il sait que ça lui fait un cul d'enfer et que ça me fait saliver. Je le regarde lorsqu'il se penche pour commander nos boissons, et à peine a-t-il ouvert la bouche que j'appuie sur le bouton. Je le vois s'immobiliser un court instant, et je ne peux m'empêcher de sourire. Je l'entends hurler « enfoiré » dans ma tête. Pourtant, il reprend vite contenance, et alors qu'il attend que le barman lui donne nos pintes, il se tourne vers moi. Nos regards verrouillés l'un à l'autre, j'appuie de nouveau. Cette impulsion le fait tressaillir, et je me demande ce qu'il ressent. Une chose est sûre, ce jouet va beaucoup m'amuser.

— Finalement, c'était une très mauvaise idée, grogne Zane alors qu'il regagne notre table sur laquelle il dépose nos pintes.

— Tu parles de cette idée ?

J'appuie de nouveau sur le bouton, et Zane frissonne. Honnêtement, quand il a inséré ce plug anal en lui, tout en prenant bien soin de s'assurer que je le matais, gémissant bien trop fort, j'ai eu envie de lui dire de laisser tomber le resto. De le voir là, nu, à genoux sur le lit, son regard de braise planté dans le mien… j'ai commencé à bander. Mais finalement, ça s'avère être super marrant.

— Perso, je la trouve géniale.

Il s'assoit et nous trinquons, à cette soirée, à nous, à ce moment qui nous appartient.

Une serveuse débarque peu de temps après pour prendre notre commande, et Zane ne lésine pas.

— Avec tout ce gras, on va finir par rouler jusqu'à notre lit et dormir.

— Au contraire. On a besoin de calories avec notre programme chargé, répond-il avec un clin d'œil.

C'est vrai. Si je m'en tiens à sa check-list, nous n'en sommes qu'au début des festivités.

Rapidement nos plats arrivent, et la table disparaît sous la quantité de mets bien garnis qui l'envahit. J'attrape un mozzarella stick et l'enfourne tandis que Zane se rue sur les nachos recouverts de cheddar.

Nous mangeons dans un silence complice pendant quelques minutes, alternant entre nos burgers, nos frites et nos accompagnements, puis Zane finit par déclarer :

— Tu sais, j'ai hésité à t'amener ici. Je me suis dit que tu aurais peut-être préféré quelque chose de plus… heu… silencieux.

Je cligne des yeux, surpris par son hésitation soudaine. Ça ne lui ressemble pas. Il est toujours si sûr de lui en temps normal, et c'est aussi ce que j'adore chez lui. Il ne se laisse jamais intimider, ne se laisse jamais influencer.

— Non, un endroit silencieux aurait été une mauvaise idée, réponds-je en souriant, et Zane fronce les sourcils.

— Pourquoi ?

— Parce qu'on aurait pu entendre les vibrations quand je fais ça.

J'appuie sur le bouton de la télécommande, choisissant la puissance supérieure cette fois, et observe Zane se tendre.

— Bordel de merde, souffle-t-il.

Mais il n'a pas le temps de reprendre ses esprits que j'appuie de nouveau. Le gémissement qui s'échappe de ses lèvres avant qu'il puisse le ravaler est si érotique que je sens ma queue commencer à durcir. Et c'est encore pire lorsqu'il plante son regard dans le mien, les yeux brillants, un sourire insolent au coin des lèvres.

— C'est moi ou ça t'excite autant que ça m'excite ? murmure-t-il en se penchant vers moi.

— Pas du tout. C'est à peine si je bande.

Le sourire de Zane s'agrandit, et son pied vient frotter ma jambe sous la table. Mes joues s'échauffent, bien conscient que tout le monde peut nous voir.

— Tu es tellement sexy quand tu rougis, souffle Zane d'une voix rauque.

— Je te hais.

Il éclate de rire et attrape une aile de poulet qu'il grignote tranquillement sans jamais me lâcher du regard.

— Alors venge-toi.

Il se lèche les lèvres, et je ne me fais pas prier pour obéir. Et autant dire que cette fois, je ne fais pas semblant. Je laisse mon doigt appuyé, sans rien manquer de ses yeux qui deviennent de plus en plus vitreux.

— Putain, jure-t-il entre ses dents serrées.

C'est à mon tour d'afficher un grand sourire, qui sert surtout à m'empêcher de durcir toujours plus fort. Parce que voir son corps se tendre, ses doigts s'agripper au bord de la table, ses yeux sur le point de se révulser tandis qu'il plante ses dents dans sa lèvre inférieure pour ne pas crier, bordel, c'est carrément torride.

J'attrape ma bière et la sirote doucement, me gorgeant de la vision d'un Zane carrément excité en plein milieu d'un pub bondé. Je n'ai jamais été du genre exhibitionniste, mais ce soir, il ne m'en faudrait pas beaucoup pour l'attraper par la taille, baisser son pantalon et m'enfoncer en lui. Devant tout le monde. Merde.

Zane finit par se relâcher, et après avoir pris une profonde inspiration, il boit une longue gorgée de bière avant de mordre dans son burger.

— T'en as envie, pas vrai ? demande-t-il.

— De quoi ?

— De remplacer ce plug par ta queue.

Je manque de m'étouffer sur ma frite. De gêne, ouais, mais surtout à cause de ce pic de plaisir qui traverse mon corps de la tête aux pieds. Je ne devrais pas trouver aussi excitant qu'il me parle crûment en public, pourtant c'est le cas.

La décadence de Zane, c'est ce qui me plaît aussi chez lui. Ce type pue le sexe à des kilomètres à la ronde, et parfois, je me demande comment j'ai réalisé l'exploit de parvenir à garder cet homme pour moi.

Il laisse tomber son burger, termine son verre d'une traite et se lève.

— Qu'est-ce que tu fabriques ? demandé-je en haussant les sourcils.

Il sort son portefeuille et dépose plusieurs billets sur la table.

— On y va, déclare-t-il.

Je cligne des paupières.

— Hein ? Et notre dîner ?

Zane se penche et son souffle effleure mon oreille lorsqu'il murmure :

— T'inquiète pas bébé, je vais te trouver autre chose à avaler.

Un frisson se propage le long de mon échine, et je le laisse prendre mon bras et m'arracher à mon siège avant de me tirer sans douceur vers la sortie.

CHAPITRE 5
Lane

J'attrape la main de Jude lorsque nous passons les portes du restaurant. Alors qu'il s'apprête à se diriger vers la voiture, je le tire à ma suite.

Il me lance un regard interrogateur auquel je ne prends pas le temps de répondre. Au lieu de quoi, ses doigts fermement entrelacés aux miens, je contourne le bâtiment avant de le plaquer contre le mur de brique.

Jude écarquille les yeux, puis les ferme quand ma bouche s'écrase sur la sienne. Je n'y tiens plus. Je suis incapable d'attendre une seule seconde de plus. J'ai besoin de ses lèvres, de son corps contre le mien, de ses soupirs et de ses gémissements.

Ses doigts s'agrippent à mes cheveux tandis qu'il approfondit notre baiser, sa langue glissant contre la mienne.

Ma main remonte le long de son torse jusqu'à sa gorge. Je lèche les perles de pluie qui s'attardent sur sa joue, aspire l'eau qui s'écoule le long de sa mâchoire. Jude gémit et raffermit sa prise sur mes cheveux, attrapant de nouveau ma bouche, plaquant son sexe contre le mien. Si lui n'est pas encore dur, moi, je suis sur le point d'exploser. Et alors que, sans prévenir, une impulsion fait vibrer mon plug, je crie contre les lèvres souriantes de Jude.

— Enfoiré, murmuré-je.

Il rit contre ma bouche, et nous nous embrassons avec passion.

— Ce n'était pas sur ta liste, ça, déclare Jude lorsque nous nous séparons pour reprendre notre respiration.

— Te plaquer contre le mur ? Il me semble qu'on en a parlé, pourtant.

— Non. Le baiser sous la pluie.

Je m'esclaffe et caresse sa joue.

— N'est-ce pas l'apanage de toute romance ?

Jude sourit et dépose un bref baiser sur mes lèvres.

— Si, mais tu ne verses pas dans la romance.

Je fronce les sourcils devant sa remarque.

— Est-ce que c'est quelque chose qui te dérange ?

— Non, répond Jude avec franchise en secouant la tête. Au contraire. C'est parce que c'est rare que c'est aussi génial. Et c'est ça que j'adore chez toi.

— Quoi, exactement ?

Il saisit mon visage entre ses mains et ancre son joli regard vert d'eau au mien.

— Ta capacité à toujours me surprendre.

La douceur de sa voix, la manière dont il prononce ces mots… ça me fait totalement chavirer. Pour toute réponse, j'embrasse ses lèvres froides au goût d'eau de pluie, puis je l'étreins, longuement. Peu importe les gouttes qui s'infiltrent sous mes vêtements et me font frissonner, je pourrais rester ainsi, collé contre le corps de Jude, entouré de son odeur, pour l'éternité.

Nous sommes trempés lorsque nous entrons dans la voiture après avoir couru main dans la main sous la pluie. Le rire de Jude résonne toujours à mes oreilles lorsque je claque la portière. Je me tourne vers lui et avise son sourire en coin. Alors que je tends le bras pour caresser sa joue, un gémissement s'échappe de mes lèvres tandis que le plug vibre en moi.

Bordel de merde.

Le sourire de Jude s'étire, et en découvrant son regard pétillant, je me félicite d'avoir acheté ce jouet… même s'il s'amuse à mes dépens.

— Tu prends ton pied, hein ? sifflé-je.

Pour toute réponse, une autre impulsion me fait tressaillir.

— Je te déteste.

Il rit et se penche vers moi. Son souffle est frais dans mon oreille lorsqu'il murmure :

— Et si on rayait une des choses de ta liste ?

Il y en a tellement que je ne sais même plus à laquelle il fait allusion. Heureusement, sa paume se pose sur ma queue toujours érigée pour me le faire comprendre.

Sans hésiter, je déboutonne mon jean et laisse Jude plonger sa main sous mon boxer. Sa bouche recouvre la mienne, et alors que nous nous embrassons à perdre haleine, l'habitacle commence à s'embuer. Ses doigts enroulés autour de mon érection me filent des frissons, et quand Jude délaisse ma bouche pour se pencher sur mon entrejambe, je cesse de respirer. Il libère totalement mon sexe et lèche mon gland, me faisant sursauter.

— Putain, soufflé-je.

Je bande quasiment depuis que Jude a commencé à jouer avec le plug, et le voir me titiller est en train de me rendre fou. J'ai besoin de m'enfoncer entre ses lèvres, de sentir sa bouche chaude et humide se refermer autour de moi. Je saisis ses cheveux, le poussant légèrement. Mais au lieu d'obéir, Jude relève la tête.

— Quelqu'un est impatient, on dirait… me taquine-t-il.

Et comme si ce n'était pas suffisant, une autre impulsion m'oblige à serrer les fesses. Mon cœur bat si fort qu'il résonne jusque dans mes tempes, et malgré mes vêtements mouillés,

malgré la main froide de Jude autour de ma queue, j'ai l'impression de brûler.
— S'il te plaît, bébé. Arrête de m'allumer et suce-moi.
— C'est demandé si gentiment, réplique-t-il, et sans plus de cérémonie, il m'avale tout entier.

Je gémis et me rue vers lui, mes doigts refermés dans sa tignasse trempée.

Sa bouche va et vient le long de ma queue, toujours plus rapidement, et alors qu'il m'aspire entre ses lèvres, que sa langue glisse sur ma longueur, il garde son doigt libre appuyé sur le bouton.

Et je m'embrase.

Tout mon corps est parcouru de frissons qui se transforment en tremblements incontrôlables. Les vibrations du plug remontent le long de ma colonne vertébrale, me donnant envie de l'ôter de mon cul pour sentir la queue de Jude me défoncer. Et cette image, qui gravite dans mon esprit et que je sais finira par devenir réelle, me fait totalement perdre pied.

Là, dans cette voiture, en plein milieu d'un parking, uniquement protégés par la buée, je me laisse totalement aller. Je ferme les yeux, le souffle saccadé, emplissant l'habitacle de cris et de gémissements. Et lorsque je jouis, que mon sperme se déverse dans la gorge de Jude, que j'ouvre les paupières pour le voir tout avaler, qu'il redresse la tête, les joues rouges et les lèvres luisantes, je saisis ses cheveux pour l'inciter à se relever et écrase ma bouche sur la sienne, goûtant la saveur de mon excitation.

Nous finissons par nous séparer, haletants, et mon regard croisant le sien, je lui fais une promesse que je compte bien tenir :

— Tu n'aurais jamais dû passer autant de temps à m'allumer, Jude Manning. Parce que je vais me venger.

Il éclate de rire et dépose un bisou sur ma joue avant de se réinstaller sur son siège.

— La bonne nouvelle, c'est que la voiture de Kane est sauvée.

Et comme toujours, tandis que je l'observe, son visage rayonnant et satisfait de m'avoir procuré un orgasme dément, mon cœur rate un battement. Je l'aime, putain. Je l'aime tellement que je n'ose même pas imaginer à quoi ma vie ressemblerait s'il n'en faisait plus partie.

Et j'espère ne jamais avoir à en faire l'amère découverte. Parce que ça me détruirait.

CHAPITRE 6
Jude

Même avec le chauffage à fond, je commence à sérieusement avoir froid. Heureusement, le trajet de retour jusqu'à l'hôtel est bref, et nous nous glissons rapidement à l'intérieur du hall.

Je suis sur le point de me diriger vers l'ascenseur lorsque Zane dévie de sa trajectoire pour faire un saut à la réception. Il discute brièvement avec l'un des employés qui ne semble pas se formaliser du fait que ses vêtements commencent à former une flaque sur le sol, puis me rejoint.

— Qu'est-ce qui se passe ? demandé-je lorsqu'il arrive à ma hauteur.

— Rien. Je lui ai juste demandé de passer une commande auprès du room-service.

Je fronce les sourcils.

— Tu as encore faim ?

Il secoue la tête.

— Non. Toi si ? Parce que tu viens juste d'avaler un truc.

Je grimace devant sa remarque salace, et il éclate de rire. Puis il me prend la main et m'entraîne à l'intérieur de la cabine. Heureusement, elle est vide, et Zane me plaque contre la paroi. Sa bouche dévore la mienne, avant de glisser le long de ma gorge.

Mon regard s'attarde sur notre reflet à travers la vitre d'en face et je me perds dans la contemplation du tableau que nous renvoyons. Tous les deux dégoulinants, le cul bombé de Zane dans son jean ajusté, la manière dont ses hanches ondulent doucement.

Il finit par capter mon regard et tourne la tête, souriant à son reflet.

— Quand on habitera ensemble, je veux un miroir au plafond de notre chambre, déclare-t-il en se tournant de nouveau vers moi.

C'est rare que Zane évoque notre futur avec autant de certitude. Et, immanquablement, une douce chaleur se propage le long de mon corps. Savoir qu'il est persuadé que lui et moi, nous sommes faits pour durer, que nous finirons par être un couple installé, provoque toujours en moi la même réaction.

— J'ai hâte de voir ce que ça va donner, soufflé-je.

— De quoi ? D'habiter ensemble ou le miroir au plafond ?

Je m'esclaffe devant son sérieux.

— Les deux.

Zane est sur le point de m'embrasser de nouveau lorsque l'ascenseur émet un bip avant que les portes ne s'ouvrent. Le couloir est désert et nous courons plus que nous ne marchons vers notre chambre.

Une fois entrés, nous entreprenons de nous déshabiller. Tomber malade risquerait vraiment de gâcher la perfection de cette soirée.

Tandis que j'ôte mes fringues, je ne peux m'empêcher de râler en constatant qu'aucune d'elle n'a échappé à la pluie.

— Mes vêtements sont trempés. Et je n'en ai pas d'autres.

Zane, qui ne porte plus que son tee-shirt et son boxer, me jette un regard en coin.

— Parce que tu crois que tu vas en avoir besoin avant demain ? Mon petit Jude, si naïf… qui pense qu'il ne va pas passer le reste de la soirée à poil.

Je glousse et lui assène une tape sur le ventre.

— Tais-toi.

— La seule chose qui recouvrira ta peau, bébé, c'est mon sperme quand j'en aurai terminé avec toi.

— Si romantique, soufflé-je.

— Et encore, tu n'as pas tout vu, réplique-t-il avec un clin d'œil.

À peine ai-je levé les yeux au ciel que l'on frappe à la porte. Cette fois, je ne sursaute pas, je me contente d'observer Zane récupérer la bouteille de champagne avant de saluer l'employé.

Le parallèle avec nos débuts me frappe soudain. Cette vision, si similaire au souvenir de nos premières heures passées au Carlyle, à ma peur que quelqu'un nous découvre, que quelqu'un sache ce que je faisais, alors que même moi, je n'en avais pas la moindre idée.

— Qu'est-ce qui t'arrive ? me demande Zane en posant son butin sur la table.

Je cligne des paupières.

— Je repensais au Carlyle.

Son visage se ferme et je me mords les lèvres, regrettant aussitôt d'avoir prononcé ces mots. Sauf que je ne veux rien lui cacher. Notre passé, nos débuts chaotiques, font partie de notre relation. Ce sont eux qui ont forgé le couple que nous sommes aujourd'hui. Nous avons tous les deux conscience d'à quel point le début de notre histoire a été malsaine.

Je tends le bras et glisse ma main sur sa joue.

— Je ne regrette rien, Zane.

Il ferme les yeux, comme pour mieux profiter de ma peau contre la sienne, ou peut-être pour prendre le temps de reprendre contenance. Toujours est-il qu'il ne répond rien, comme s'il repensait à toutes les raisons pour lesquelles je pourrais ne pas me tenir devant lui ce soir.

Je me penche et dépose un baiser chaste sur ses lèvres.

— Je suis très sérieux, insisté-je.

— Je sais, finit-il par soupirer.

Il le sait, oui, mais il flippe quand même. Plusieurs fois, il a mentionné le fait que s'il ne m'avait pas autant poussé, s'il n'avait pas été aussi insistant, ma vie aurait été différente, sûrement meilleure. À commencer par ma relation avec mon père. Honnêtement, mon père était déjà un enfoiré avant qu'il apprenne que j'avais couché avec un mec. La seule chose pour laquelle je lui suis reconnaissant, c'est d'avoir fait en sorte que ma mère aille mieux, même si j'ai dû me battre pour ça. Je me fous que le dialogue avec lui soit rompu, je me fous qu'il passe plus de temps dehors qu'à la maison, au contraire. J'aime être tranquille avec ma mère, être présent pour elle lors de ses rechutes.

— La vérité, Zane, c'est que le monde que tu m'as fait découvrir, je n'aurais pas pu l'explorer sans toi. J'aurais continué à sortir avec Taylor, à me persuader que la vie telle que je la connaissais me suffisait.

— C'était le cas, pas vrai ?

Je secoue la tête.

— Non. Arrête de penser à ça. Avec toi, j'ai découvert le désir, la passion. J'ai découvert la douleur aussi, et la colère. Mais j'ai surtout découvert ce que c'était, d'aimer. D'aimer à en crever. D'aimer envers et contre tout.

Zane sourit, un sourire timide que je n'ai pas l'habitude de le voir arborer. Un sourire qui me noue l'estomac et me donne envie de crier au monde entier combien je l'aime.

Il pose sa main sur la mienne, toujours sur sa joue, puis attrape mon poignet pour me guider vers le fauteuil.

— Tu as raison. Moins de blabla, et plus de sexe. Après tout, c'est le thème de la soirée, non ?

Je ris et me laisse tomber sur le fauteuil tandis qu'il fouille dans la boîte. Il en ressort le paquet avec inscrit dessus « # 2 » et me le tend.

Je m'empresse de le déballer, arrachant le papier, et écarquillant les yeux en découvrant le gode.

— Tu le reconnais ? demande Zane, qui me fixe d'un regard brûlant.

— Je devrais ?

— Tu me vexes là, bébé.

Et puisque apparemment, il a utilisé son quota de mots pour la soirée, il attrape son membre et le libère de son boxer.

— Et maintenant ?

Les yeux écarquillés, je louche sur le sex-toy, puis sur sa queue. Et j'éclate de rire.

— Tu n'as pas fait ça ?

— Et comment ! Je sais combien ma bite te procure du plaisir. Alors quoi de mieux que de m'en servir comme modèle ? Note que ce gode pourra te servir pendant tes soirées en solitaire… ou via écrans interposés.

Je ris et secoue la tête.

— Tu es incroyable, murmuré-je.

— Je sais, réplique-t-il avant d'aller chercher la bouteille de champagne.

Il l'ouvre et remplit les deux coupes avant de m'en tendre une.

Puis il s'agenouille devant moi et sirote une gorgée avant de plonger son regard dans le mien.

— On t'a déjà taillé une pipe au champagne ?

Je souris en songeant à cette fois-là, il y a si longtemps. Je fais mine de réfléchir et réponds :

— Pas que je me souvienne, non.

— Alors il est temps de te rafraîchir la mémoire.

— Est-ce que j'aurai encore le droit d'éjaculer sur ton visage ? m'enquiers-je d'une voix amusée.

Zane attrape mon boxer et le glisse le long de mes jambes avant de se débarrasser du sien.

Puis il se penche et lèche l'intérieur de mes cuisses, mordille la peau de mon ventre, enfouit son nez dans mon aine.

— Seulement si tu le nettoies avec ta langue après, finit-il par répondre avec un clin d'œil.

Et tandis qu'un gémissement rauque s'échappe de ma gorge, Zane sourit et plonge sur ma queue avant de l'aspirer entre ses lèvres, court-circuitant mon cerveau, m'obligeant à sombrer dans un océan de luxure et de plaisir qui ne semble pas avoir de fin.

CHAPITRE 7
Zane

S'il y a un truc que j'ai toujours adoré, et pour lequel je suis extrêmement doué, c'est tailler des pipes. Et ça n'a jamais été aussi vrai qu'avec Jude. Chaque gémissement qui s'échappe de ses lèvres, chaque réaction de son corps qui se tend vers l'avant, cherchant à s'enfoncer dans ma bouche, me plonge dans un état d'ivresse que même le plus fort des alcools ne pourrait me procurer.

Je souris et délaisse son membre pour attraper mon verre. Je verse du champagne sur son torse, son estomac, léchant les gouttes qui pétillent sur ma langue qui remonte jouer avec ses tétons. Jude soupire et émet un petit couinement lorsque mon pouce titille le mamelon délaissé. Un couinement qui se répercute jusqu'à mon sexe, jusqu'à mes fesses qui se serrent autour du plug toujours logé en moi. Je compte le garder jusqu'à ce qu'il soit remplacé par le membre de mon mec, pour qu'il puisse me baiser vite et fort, me plaquer contre n'importe quelle surface plane et me défoncer jusqu'à ce que j'oublie mon nom. Mais j'ai d'autres plans, avant. De ma main libre, je récupère le gode et verse du champagne dessus avant de l'approcher des lèvres de Jude.

— Et si tu me montrais comment tu veux que je te suce ?

Jude écarquille les yeux, m'observant avec une faim si dévorante que mon ventre se noue. Puis il sourit et penche la tête, glissant sa langue autour du gland en caoutchouc. Cette vision suffit à me faire durcir, aussi sûrement que s'il infligeait le même sort à ma propre queue, comme ça a été le cas à peine vingt minutes auparavant.

Je l'observe glisser le sex-toy entre ses lèvres, le ressortir complètement avant de refermer à nouveau sa bouche dessus. Je suis tellement ensorcelé par cette scène que j'en oublierais de m'occuper de Jude, s'il ne bougeait pas son bassin pour me rappeler à l'ordre.

Je bande toujours plus fort, et je dois me faire violence pour m'empêcher de me caresser jusqu'à la délivrance. Ce qui serait contre-productif, vu que j'ai l'intention de faire durer ce moment. Je copie les mouvements de la bouche de Jude sur le gode, sur son sexe à lui, et rapidement, je vois qu'il perd pied. C'est alors que je lui arrache le jouet des mains et le glisse entre ses cuisses, jusqu'à son entrée. J'enfonce le bout en lui, sans jamais arrêter de le sucer, de le lécher. Tandis que j'aspire ses bourses, je le pénètre à fond, et Jude rejette la tête en arrière en poussant un cri bestial.

— Putain ! T'arrête pas !

Pas pour l'instant, non.

Je continue de le torturer, de baiser son cul avec le sex-toy tandis qu'il baise ma bouche. Nous trouvons un rythme, et lorsque je sens ses muscles se contracter, signe qu'il est sur le point de jouir, je libère sa queue et son cul, récoltant un grognement de frustration.

Je me redresse et me glisse entre ses cuisses écartées, m'asseyant sur lui. Puis j'emprisonne son visage avant de ravager sa bouche jusqu'à ce que nous soyons tous les deux à bout de souffle. Ses mains glissent le long de mon dos, m'incitant à me relever avant d'empoigner mes fesses. Il attrape le plug, le ressort légèrement avant de l'enfoncer de nouveau. En représailles pour ce traitement aussi bon qu'insuffisant, je plante mes dents dans sa lèvre inférieure.

— Pas d'éjac faciale, alors ? déclare-t-il d'un ton bien trop sérieux.

— Sauf si tu continues à me parler comme ça. Pas sûr que j'arriverai à me retenir.

Jude rit et m'embrasse.

C'est une chose que j'adore chez lui. De prime abord, il a tout du cliché des mecs de l'Upper East Side que j'ai toujours méprisés. Très propre sur lui, avec ses fringues griffées, ses polos, ses cheveux bien peignés. Puis tout à coup, il me sort des phrases crues et dévoile le type sensuel, sexuel, qu'on ne devinerait jamais sous cet aspect lisse et parfait.

Je sais que cette partie de sa personnalité, il a appris à la découvrir, à la dompter, grâce à moi. Avant, il n'avait jamais vraiment osé évoquer le sexe de manière si franche : sans filtre, sans tabou. Mais aujourd'hui, il n'hésite plus. Et il a parfaitement conscience d'à quel point ça me rend fou.

— Du coup, c'est quoi la suite du programme ? demande-t-il en continuant de jouer avec le plug, me laissant frissonnant et de plus en plus frustré.

Je recule et plonge dans son regard vert d'eau.

— Il va falloir t'allonger sur le lit pour le découvrir, dis-je avec un clin d'œil.

C'est à peine si j'ai le temps de terminer ma phrase que Jude me repousse pour se lever. Si mes réflexes étaient moins bons, j'aurais fini le cul par terre.

— Est-ce que je peux récupérer la télécommande ? demande Jude.

Je lui coule un regard noir qui le fait éclater de rire. Ce mec aime beaucoup trop me torturer.

— Non, répliqué-je. Je n'aurais jamais dû te laisser autant de pouvoir, ça te monte à la tête.

Il rit et s'étend sur le lit. Sur le dos, jambes écartées, bras derrière la tête, sa queue humide de ma salive reposant sur son ventre.

— D'ailleurs, en parlant de pouvoir… il est temps d'inverser les rôles.

Jude me lance un regard perplexe, et ricane lorsque je lui montre les menottes.

— Prêt à être attaché ? demandé-je en m'approchant de lui.

— Ça dépend. Si tu le fais pour te débarrasser de moi et aller vaquer à tes occupations, non.

Je contourne le lit et attrape ses mollets pour glisser Jude un peu plus bas.

— Bébé, ma seule occupation de la soirée, c'est de te baiser. Et de me faire baiser, aussi.

Il sourit et tourne la tête vers la baie vitrée. Avec la lumière allumée, nous ne voyons pas grand-chose d'autre que notre propre reflet. Mais ça me va. J'aime faire l'amour en pleine lumière, j'aime pouvoir observer chaque réaction de Jude, j'aime pouvoir admirer son corps tandis que je le touche, j'aime pouvoir me gorger de la manière dont il se cambre, dont il ondule, dont la chair de poule recouvre sa peau lorsque les choses deviennent vraiment intenses.

— À quoi tu penses ? m'enquiers-je.

— À combien je vais avoir du mal à garder les yeux ouverts demain. Et à combien je vais surtout avoir du mal à ne pas bander en plein cours en repensant à cette soirée.

Je lui offre un rictus suffisant, récupère tout ce dont j'ai besoin, puis m'installe entre ses cuisses avant de me pencher vers lui. J'embrasse son ventre, remonte le long de son sternum, m'attarde sur ses pectoraux avant de saisir ses poignets et de les caler au-dessus de sa tête et de refermer les menottes autour. Même avec ses poignets liés, il est libre de ses mouvements, et je me fais une note mentale de choisir un lit avec des barreaux la prochaine fois.

Je me redresse, observe le tableau décadent de Jude, attaché, quelques gouttes de champagne s'attardant sur sa peau, le liquide pré-séminal suintant de son gland.

— Le froufrou te va très bien.

Jude grogne, mais ne cherche pas à bouger. Il aime sentir mon regard sur lui, il aime deviner à quel point je le désire. Je le sais : à la façon dont sa respiration s'accélère, dont il me fixe en se léchant les lèvres. Je ravale le grognement qui cherche à m'échapper et m'approche.

De nouveau, je recouvre son corps du mien et nous nous embrassons. Doucement d'abord, nous taquinant, laissant nos langues jouer ensemble. Puis Jude entoure mes hanches de ses jambes et nos baisers deviennent plus profonds, plus fiévreux. La langueur laisse place à l'urgence, la douceur à la bestialité. Nous ondulons l'un contre l'autre sans jamais rompre notre baiser. Mes doigts glissent dans ses cheveux, appréciant leur douceur, tandis que mon autre main se perd sur ses flancs, aimant sentir sa peau lisse et désormais chaude.

Ses lèvres sont gonflées lorsque je finis par reculer, son regard est voilé par la luxure et le désir. Je prends le temps d'observer ses joues rouges, puis je me retourne, mes fesses nues devant lui. Je tends le bras derrière moi pour ôter le plug, souriant lorsque j'entends son gémissement.

— Je regrette d'être attaché, finit-il par déclarer, et je ricane.

— Justement. L'intérêt, c'est de voir comment tu te débrouilles sans les mains.

Laissant tomber le plug sur le sol, j'écarte les fesses et tressaille lorsque son souffle chatouille mon entrée. Je me pousse vers ses lèvres, grondant lorsque sa langue lèche mon trou ouvert. Je me frotte contre son visage, voulant qu'il me baise de sa langue. Je frissonne, gémis, et décide de m'arrêter tant que j'en suis encore capable.

Je recule légèrement, attrape le gode que je recouvre de lubrifiant avant de le placer entre mes cuisses, devant les yeux écarquillés de Jude.

— Tu vas te baiser toi-même ?! demande-t-il d'une voix trop rauque pour être honnête.

— Vu combien ma queue te fait du bien, j'ai envie de voir à quel point je suis doué.

Jude éclate d'un rire ahuri.

— Dire que je ne pensais pas que tu puisses être plus narcissique que tu l'es déjà. Tu bats tous les records.

— Tais-toi et profite du spectacle, répliqué-je avec un clin d'œil.

Et sans plus de cérémonie, j'enfonce le gode en moi.

CHAPITRE 8
Jude

Seigneur. Voir Zane se baiser sur ce gode, c'est plus érotique que je ne l'aurais jamais cru. Plus étrange aussi, étant donné qu'il s'agit d'un moulage de son propre sexe… mais c'est ce qui fait tout le charme de Zane, et reflète encore une fois sa propension à sans cesse me surprendre, même quand je ne m'y attends pas.

— Putain, c'est tellement bon. Ma bite est carrément magique, halète-t-il.

Je voudrais lever les yeux au ciel, mais je suis bien trop excité par cette vision. Mon membre est tellement douloureux que je voudrais me caresser pour me soulager. Je pourrais, les menottes ne m'entravent pas vraiment, mais je sais que ça fait partie du jeu. D'admirer Zane se faire du bien sans pouvoir agir, le regarder faire aller et venir le gode en lui sans avoir l'opportunité de remplacer sa main par la mienne. Étrangement, me sentir impuissant ne fait que décupler le plaisir. La douleur aussi, de ne pas pouvoir le toucher, la frustration, de ne pas pouvoir me branler. Sans compter que les bruits salaces qui s'échappent de sa gorge, dans le but de m'attiser davantage, m'obligent à me tortiller.

— Ça te plaît de me mater, pas vrai ? demande-t-il, taquin.

Je me mords les lèvres pour ne pas gémir, mais c'est peine perdue lorsqu'il enfonce totalement le gode en lui et pousse un cri rauque qui résonne dans toute la pièce.

— Tu me rends dingue, grogné-je. Tu le sais, ça ?

Il s'esclaffe, puis ôte totalement le jouet de son cul désormais bien ouvert, brillant de gel. Il se retourne une nouvelle fois, attrapant mes lèvres, les mordant, les léchant. Il glisse ses mains dans mon dos pour m'inciter à me redresser, et je passe mes bras autour de son cou pour l'embrasser toujours plus furieusement.

— Prêt pour le clou du spectacle ? demande-t-il, et je lui lance un regard perplexe.

Il rit et saisit la bouteille de lubrifiant, versant une généreuse quantité sur sa main avant d'attraper ma queue et de me branler en étalant le gel. Je me cambre sous ses caresses, cherchant davantage de pression, cherchant à jouir.

Depuis tout à l'heure, il s'amuse à me mener au bord du précipice sans jamais m'autoriser à y tomber. Il me retient de justesse, et je suis constamment sur la brèche. Je suis sur le point d'exploser à tout moment, mais Zane me connaît suffisamment désormais pour discerner les signes avant-coureurs de mon orgasme et le retarder indéfiniment.

— Ça veut dire que ma torture touche bientôt à sa fin ?

Il se penche vers moi et m'embrasse.

— Peut-être..., chantonne-t-il d'un ton joueur.

Puis il attrape la petite clé et libère mes poignets.

— Tu vas avoir besoin de tes mains pour ça, déclare-t-il avant de se positionner à quatre pattes sur le lit. Tu vas me baiser, bébé. Vite et fort. Et quand je serai au bout, quand je serai en sueur et en train de t'implorer, je veux que tu ajoutes le gode. Je veux le sentir, lui et ta queue, à l'intérieur de moi.

Je cligne des yeux, le souffle court. Une double pénétration ? C'est ce qu'il attend ?

— Je…
Je déglutis, la gorge sèche, le cœur battant trop vite. La peur m'envahit. Peur de ne pas savoir comment m'y prendre, peur de lui faire mal, de le blesser.
— Tu as déjà fait ça avant ?
Mon cœur, mon âme, souhaitent qu'il me réponde non. Mon cerveau, celui qui imagine les pires scénarii, préférerait qu'il me réponde oui.
Zane avance jusqu'à moi et saisit mon visage en coupe. Il plante son regard dans le mien. Un regard déterminé et empli de certitudes.
— Je le fantasme depuis longtemps…
— Ce n'était pas ma question, répliqué-je d'une voix plus sèche que je l'aurais voulu.
— Hé, souffle-t-il en caressant ma joue. Ça va aller. J'ai toujours voulu essayer, mais je n'ai jamais fait assez confiance à qui que ce soit pour ça. Et je sais que tu ne me feras pas de mal. De toute façon, on n'est obligés de rien, pas vrai ? Une nouvelle expérience, c'est tout ce que c'est. Une nouvelle expérience tous les deux, comme il nous en reste plein d'autres à tenter.
Je pousse un profond soupir, légèrement rassuré par ses mots.
Zane pose son front contre le mien et je ferme les yeux, prenant une profonde inspiration.
— Si tu n'en as pas envie, on peut laisser tomber.
— Ce n'est pas que je n'en ai pas envie…
Bon sang, l'idée de le baiser, de jouer avec lui de cette manière, de m'enfoncer en lui et de lui procurer du plaisir en ajoutant ce putain de gode… c'est carrément torride. Mais carrément stressant, aussi.
— Je flippe, c'est tout.
Il dépose un bisou sur mon nez avant de reculer.
— Je te le dirai si c'est trop pour moi. Mais j'ai confiance en toi.
Je hoche la tête et déglutis une nouvelle fois.
— Et au pire, ta queue me suffit, tu sais ? Rien que de t'imaginer en train de me défoncer suffit à me faire jouir la plupart du temps.

Je souris. Zane… Zane qui tente sans cesse de me rassurer, de me montrer que ce n'est qu'un jeu, à partager à deux, et que si je refuse, il ne m'en tiendra pas rigueur.

— D'accord. Mais j'espère que tu ne vas pas y prendre trop goût et finir par me parler de plan à trois, parce que je risque de vraiment mal le prendre.

Zane éclate de rire et dépose un baiser sur mes lèvres.

— Rien que toi, bébé. Ça ne sera toujours rien que toi. Rien que nous.

Et mon cœur gonfle tellement que j'ai peur qu'il finisse par sortir de ma poitrine.

Rien que nous. Toujours.

CHAPITRE 9
Lane

Rapidement, l'hésitation et la peur de Jude s'effacent pour être remplacées par un pic de plaisir. À travers nos baisers, nos caresses, nos mots murmurés dans le confort et l'intimité de cette chambre d'hôtel, je le rassure. Lui aussi, par ses gestes affectueux, par ses lèvres qui glissent le long de ma mâchoire, de ma gorge. Par ses « je ferai en sorte que ce soit bon… »

Je le sais. Parce qu'aucun fantasme n'a jamais tenu la comparaison face à la réalité de ma relation avec Jude. Ensemble, nous pouvons tout tester, sans limite, sans peur. La confiance que nous avons l'un dans l'autre, nous l'avons construite dans la douleur et les larmes. Nous l'avons apprivoisée en même temps que nous nous sommes apprivoisés mutuellement, lorsque nous avons décidé de faire table rase du passé et de nous reconstruire sur une base saine. Une base solide sur laquelle nous avons érigé notre couple, brique après brique, sans jamais flancher.

Et ce soir, je veux lui montrer qu'avec lui, je suis capable de tout. Avec lui, je n'ai aucun tabou, aucune crainte. Juste le désir brut, la passion dévorante, l'amour incandescent.

Je finis par repousser Jude pour me remettre à quatre pattes, tournant la tête pour l'observer par-dessus mon épaule. Nos regards se croisent, se verrouillent, se perdent l'un dans l'autre. Et lorsqu'il s'enfonce d'un coup de rein en moi, je gémis et m'agrippe aux draps.

Il nous faut peu de temps pour trouver notre rythme : violent, implacable. J'aime quand il abandonne sa douceur pour laisser sa bestialité, sa brutalité, prendre le dessus. J'aime qu'il sache qu'il ne me fera jamais de mal. Qu'il peut y aller aussi fort qu'il veut, chacune de ses poussées me précipitera toujours plus rapidement vers l'orgasme.

Nos halètements, le bruit de la chair claquant contre la chair, emplissent le silence de la chambre. Ses doigts enfoncés dans mes hanches, il va et vient en moi, grognant et jurant.

Puis sa main se pose sur le bas de mon dos pour m'inciter à me cambrer toujours plus, pour me baiser profondément.

— Continue bébé, c'est trop bon, putain !

Il obéit. Sort complètement de mon cul avant d'y replonger de toute sa longueur. Mes muscles se resserrent autour de son érection, cherchant à le garder profondément enfoui en moi.

— Bordel, Zane...

Il se penche vers moi, mord la peau de mon épaule. Son bras s'enroule autour de ma taille pour me presser contre lui tandis qu'il me baise encore et encore.

Je crève d'envie de me caresser, mais je sais que si je le fais, je jouirai en quelques secondes.

— Maintenant. Maintenant.

Il n'a pas besoin de plus pour savoir ce que j'attends. Toujours enfoncé en moi, sa queue immobile me remplit tandis qu'il saisit le gode et l'enduit de lubrifiant.

Lorsque je sens le bout du sex-toy contre mon entrée, je prends une profonde inspiration, me détendant au maximum.

— Vas-y, bébé, l'encouragé-je.

Apparemment, ça semble fonctionner. Son membre sort totalement de moi, et lorsqu'il me pénètre de nouveau, il le fait accompagné du sex-toy. La légère brûlure que je ressens ne dure pas, et rapidement, je le supplie de continuer.

Je gémis de me sentir aussi étiré, aussi rempli. Malgré la cadence plus lente, plus frustrante, la sensation est incroyable. Le désir crépite dans mes veines, embrase mes sens. Mes yeux se révulsent lorsqu'il glisse sa queue et le gode en moi, et le cri que je laisse échapper ressemble davantage à un rugissement.

— C'est bon ? demande Jude d'une voix inquiète.

— C'est incroyable, putain. Baise-moi comme ça. T'arrête pas.

Mes paroles l'enhardissent, et il continue de jouer avec mon cul. De m'étirer, de me remplir, de me baiser.

Je me cambre complètement, laissant reposer ma tête sur le matelas tandis que de mes deux mains, j'écarte mes fesses. Jude comprend le message et se laisse aller, osant toujours davantage.

Je ferme les yeux et sombre dans la plénitude de l'instant, par la sensualité du moment.

— Je vais jouir…, murmuré-je, le souffle court.

Mes mots semblent court-circuiter le cerveau de Jude. Avant que je ne comprenne ce qui arrive, le gode disparaît, et il s'enfonce brutalement en moi.

Quelques coups de reins violents, quelques marques laissées sur ma peau tant sa prise est forte… je suis sur le point de perdre pied. Mais Jude ne me laisse pas basculer.

Il me retourne sur le dos, se glisse entre mes jambes et de son bras autour de ma taille, m'incite à me redresser.

Ensemble, sans jamais nous lâcher du regard, nous nous caressons. Dans un rythme saccadé, erratique, nos mains coulissent sur nos queues, cherchant la délivrance tant espérée, constamment reportée. Et c'est presque en même temps que nous jouissons, le sperme s'écrasant sur son ventre et sur le mien.

Haletant, je me laisse retomber sur le matelas, et Jude s'écroule de tout son long sur moi, mélangeant le fruit de notre orgasme.

Nous nous embrassons, doucement, paresseusement, souhaitant prolonger le moment de plénitude absolue que nous venons de vivre.

Nous finissons par recouvrer notre souffle, et j'admire les traces de nos foutres mêlés qui parsèment sa peau et la mienne.

— J'ai toujours du mal à croire que tu t'es auto-baisé...

J'éclate de rire et secoue la tête.

— Ta queue et ma queue ensemble... c'était foutrement dément. Je ne sais même pas laquelle je préfère.

Il grimace, ce qui ne fait que redoubler mon hilarité.

— Tu me fais vraiment flipper, parfois, grommelle-t-il.

Pour toute réponse, je le saisis par la taille et l'invite à se blottir contre moi.

Je dépose un baiser sur son épaule tandis que ses paupières papillonnent. Nous devrions nous laver, mais nous sommes tous les deux crevés. Et surtout, nous n'en avons rien à foutre de dormir dans des draps souillés, nos corps collants de sperme.

— Joyeuse Saint-Valentin, bébé, soufflé-je contre son oreille.

Jude se coule davantage dans mon étreinte, et le sourire qu'il m'offre me donne envie de déposer le monde à ses pieds.

— Joyeuse Saint-Valentin, Zane. J'ai déjà hâte d'être à la prochaine.

CHAPITRE 10
Jude

Et dans cette chambre d'hôtel, blotti dans les bras de Zane, bercé par sa respiration régulière, je m'endors, un sourire aux lèvres.

Je ne sais pas de quoi demain sera fait. Tout ce que je sais, c'est que tant que nous sommes ensemble, tout est possible.

Les seules limites sont celles que nous nous fixons, et avec lui, je veux les repousser constamment.

Parce qu'il n'y a aucun moment où je me sens davantage vivant que lorsque je suis avec lui.

Parfois, les sentiments ne s'expliquent pas. Je crois que ça a été notre cas. Nous étions deux gosses paumés qui se croyaient plus malins que les autres, devenus deux jeunes adultes qui ont appris de leurs erreurs et se sont donné les moyens d'avancer.

Nous nous sommes sacrifiés l'un l'autre, nous nous sommes sacrifiés l'un à l'autre.

Au nom du désir.
Au nom de la victoire.
Au nom de l'argent.
Au nom de l'amour.

Un amour né dans le mensonge, un amour qui a grandi dans le chaos d'une relation dont les dés étaient pipés, sans que je le sache. Un amour mort de nous être déchirés, de nous être détestés. Un amour qui a failli avoir raison de nous. Un amour qui a ressuscité dans les regrets, le pardon, l'acceptation, l'abnégation.

Mais cet amour, *notre* amour, imparfait, abîmé, mais tellement fort... c'est la chose la plus réelle que j'ai jamais connue.

La plus puissante.
La plus entière.
La plus sincère.
Et, j'en suis persuadé, aussi longtemps que je vivrai.
Indestructible.

OUR LOVE IS A SIN

Colt & Daniel

CHAPITRE 1
Colt

Énervé, je tire sur ma clope comme si elle m'avait personnellement offensé.

Je déteste quand mes plans tombent à l'eau. Surtout quand mes plans consistaient à passer la soirée, nu, avec Daniel. Nous avions tout prévu : dîner en tête à tête, tranquilles, à l'appartement, et nuit à baiser avant de nous endormir épuisés. Sauf que mon boss vient de m'informer que si j'avais l'intention de rentrer plus tôt, c'est raté.

Encore. À croire qu'il aime me foutre en rogne. Il sait parfaitement quel jour nous sommes, mais ne s'est pas posé la question de savoir si j'avais prévu quelque chose. Il s'en fout. Lui, tout ce qu'il veut, c'est que ses clients soient contents, au détriment de son personnel.

Même si c'est moi qui lui ai demandé de pouvoir faire des heures supplémentaires, je l'avais déjà prévenu que je ne serais pas disponible ce soir. Mais il s'en tape.

Ce boulot est en train de me rendre dingue. Pourtant, à chaque fois que je songe à me barrer, je me souviens que j'ai besoin de travailler. Même si Daniel gagne bien sa vie désormais – lui aussi a des horaires de dingue – je n'ai pas envie de dépendre de lui. Je n'ai jamais dépendu de personne, et je ne compte pas commencer maintenant.

J'écrase ma clope dans le cendrier et plisse les yeux vers le ciel voilé de cette fin d'après-midi.

Téléphone en main, je dois me faire violence pour envoyer un message à Daniel et lui annoncer la mauvaise nouvelle. Savoir à quel point il va être déçu me noue l'estomac. Je sais qu'il doit déjà être en route pour rentrer chez nous. Cette soirée devait être la nôtre, sans rien pour s'immiscer entre nous. Ni le boulot ni le sommeil. Encore un acte manqué.

Je finis par pousser un soupir et tape un rapide message.

« **Désolé, chaton. Mon patron me fait faire des heures sup... je lui enfoncerais bien mon poing dans la gueule. Je t'aime** ».

Je n'attends pas sa réponse avant de retourner dans le garage et de me remettre sur la bécane. Avec un peu de chance, je ne finirai pas trop tard, et nous pourrons sauter le dîner pour passer directement à la partie intéressante de la soirée.

Nous avons tous les deux un travail qui nous demande beaucoup de temps et d'énergie. Souvent, nous rentrons à la maison fatigués, et nous nous contentons d'un plat rapide devant la télé, à discuter, avant d'aller nous coucher, enlacés.

Cette routine ne me dérange pas. Nous avons appris à faire avec. Et il nous reste les week-ends, durant lesquels nous ne pensons qu'à nous. Nous faisons la grasse matinée, prenons le temps de nous préparer un vrai petit déjeuner. Parfois, nous sortons pour rejoindre nos potes, aller au ciné, ou juste nous balader. D'autres fois, nous restons en survêtement toute la journée, ou à poil, à redécouvrir le corps de l'autre.

Mais la Saint-Valentin, c'était simplement une occasion de casser cette routine. Il y en aura d'autres, nous n'avons pas besoin de fêtes pour ça, mais j'aurais aimé pouvoir profiter de lui plus longtemps que d'habitude. En fait, ce qui me fait chier, c'est que je m'étais fait des tas de films sur le déroulement de notre soirée, sur la façon dont j'aurais fait jouir Daniel, sur la manière dont je nous aurais créé cette bulle d'intimité que nous aimons tant partager. Une bulle faite de douceur, de luxure, de baisers enflammés et de câlins sans fin. Et de ne pas pouvoir réaliser ce que j'avais en tête me frustre au plus haut point.

Mon portable vibre et j'essuie mes mains pleines de cambouis pour le lire.

« Ce n'est que partie remise. Ne t'inquiète pas. À ce soir. »

Je connais Daniel. Je le connais de mieux en mieux chaque jour qui passe. Et je devine sa déception. Ça me fait mal de l'avoir laissé tomber, et l'espace d'un instant, j'ai envie de me précipiter dans le bureau de Chad et de lui balancer un « va te faire foutre » avant de m'en aller.

Mais ce serait la goutte d'eau qui fait déborder le vase, et surtout, ce serait contre-productif. Nos relations sont déjà suffisamment compliquées. Il me garde parce qu'il a besoin de moi. Il est parfaitement conscient de mes compétences en matière de moto, tout comme il sait que ce ne sera pas forcément évident de me remplacer ; et il n'a pas envie de se prendre la tête à chercher. Mais il n'hésiterait pas si je commençais à me rebeller.

Moi, j'attends juste la bonne opportunité pour me barrer. J'attends de trouver mieux, même si, considérant le nombre d'heures que je me tape, je n'ai pas forcément l'énergie nécessaire une fois chez moi pour parcourir les offres d'emploi.

Sans compter que c'est l'un des sujets que je n'aime pas forcément aborder avec Daniel. Il sait que le porno payait bien, et que si je replongeais dans cet univers, je pourrais gagner plus d'argent. Plusieurs fois, il m'a fait comprendre qu'il ne me reprocherait pas de recommencer à bosser là-dedans. Mais moi, oui. Je m'en voudrais. Je m'en voudrais parce que je sais que malgré ses mots, ça le ferait souffrir. Il a beau nier, je sais que c'est le cas. Ce n'est pas une question de confiance ni de jalousie. Il n'a aucun doute quant au fait que c'est juste un travail. Un peu particulier, certes, mais un travail. Et malgré tout, le risque zéro n'existe pas. Et je refuse de tenter le diable. La seule personne que j'ai envie de toucher, de caresser, d'embrasser, de baiser, c'est Daniel. Lui et seulement lui. Et c'est pareil de son côté. Me savoir en train d'enlacer d'autres types, de m'enfoncer en eux, de partager une intimité, même falsifiée, ça lui ferait de la peine.

Parce que s'il a confiance en moi, il a toujours du mal à avoir confiance en lui. À comprendre pourquoi, parmi tous les mecs que j'aurais pu avoir, je l'ai choisi lui. Et j'ai beau essayer de lui montrer chaque jour que Dieu fait, le chemin est encore long pour qu'il s'accepte pleinement, pour qu'il apprenne à vivre avec qui il est, sans se sentir coupable, sans se sentir déphasé.

Et remettre un pied dans le monde du porno finirait par briser l'équilibre déjà fragile de Daniel. Je veux être là pour lui, tout le temps. Je veux pouvoir être à la maison chaque soir, pouvoir passer mes week-ends entiers avec lui. Je veux avoir l'occasion de repartir sur les routes, de nous refaire un road trip, pour nous rappeler combien c'est agréable, combien c'est incroyable, d'avoir la chance de passer du temps tous les deux, seuls, à rouler sans but, juste pour le plaisir d'être ensemble, de nous éloigner de notre quotidien.

Je veux que Daniel arrête de douter, lui prouver qu'il est l'homme de ma vie. Pas seulement par des mots, mais aussi par des actes. Il en a besoin.

Au final, de nous deux, je suis celui qui flippe le plus. Parce que j'ai vu. Je l'ai vu plonger dans cette spirale autodestructrice. Je le vois quand la noirceur prend le dessus, que la dépression cherche à s'emparer de lui. Et je veux pouvoir être présent, tenir sa main dans l'obscurité, lui montrer que quoi qu'il arrive, peu importe ce qu'il traverse, je ne le lâcherai jamais.

CHAPITRE 2
Daniel

Même si le message de Colton m'a agacé, je ne compte pas me laisser abattre. Son patron a beau avoir envie de le faire tourner en bourrique, il en faut plus pour me déstabiliser, et surtout, il en faut plus pour m'empêcher de passer la soirée avec lui. Surtout après avoir pensé à ça toute la journée, à rêvasser au lieu de bosser.

Si ce n'est pas Colt qui vient à moi, alors ce sera moi qui irai à lui.

Fort de cette idée, je sors de la bouche de métro non loin de l'appartement et m'arrête devant le restaurant japonais où nous avons nos habitudes. Je passe une commande et les informe que je reviendrai la chercher dans une petite demi-heure, le temps de prendre une douche et de me changer.

Je n'ai pas eu de nouvelles de Colt depuis mon dernier message, et j'imagine qu'il est concentré sur le boulot, essayant de terminer rapidement pour pouvoir rentrer avant que je finisse par m'endormir sur le canapé. Cela dit, il doit encore en avoir pour plusieurs heures avant de terminer sa journée. Ça me rend dingue, de voir qu'il se tue à la tâche pour s'assurer que nous ne manquions de rien. Je déteste qu'il s'oblige à faire des heures supplémentaires pour payer les factures, pour être certain que nous ne finirons pas le mois dans le rouge.

Honnêtement, je me fiche bien de l'argent. Je me fiche de ne pas pouvoir avoir le même train de vie qu'avant. Parce que ce n'est pas ce qui m'a rendu heureux. Si je le pouvais, j'échangerais bien les années d'une vie prétendument dorée, où le fric n'était pas un problème, contre un passé moins douloureux. Contre l'amour inconditionnel de mes parents. Mais vu que ce n'est pas une option, je tente de faire comprendre à Colt que ça m'est égal. Le problème, c'est qu'il se sent coupable. Coupable de ne pas pouvoir m'offrir le train de vie que j'ai toujours connu. Je lui ai proposé de reprendre le porno, si c'était si important que ça pour lui – pour mettre davantage d'argent de côté, pour pouvoir envisager sereinement l'avenir – mais il a toujours refusé, et honnêtement, je lui en suis reconnaissant. Voir tous ces mecs lui tourner autour lorsque nous sortons est déjà suffisamment compliqué à gérer.

Je sais que ça lui manque, parfois. L'ambiance des tournages, l'amitié avec les autres acteurs. À présent, il n'a pratiquement plus que moi, et je me demande combien de temps s'écoulera avant qu'il décide que ce n'est plus suffisant.

J'ai conscience de me montrer un peu trop défaitiste parfois, que je devrais avoir davantage confiance en moi, en notre couple. Je devrais accorder plus de crédit à Colt, qui ne cesse de me montrer à quel point il tient à moi. Mais c'est plus fort que moi. Je crève de trouille à l'idée de le perdre. Je crève de trouille à l'idée de me retrouver sans lui. Parce que la vérité, c'est qu'il m'a rendu dépendant. Je ne sais pas si c'est très sain, mais c'est grâce à lui que j'en suis là aujourd'hui. À une époque où tout partait en vrille dans ma vie, où j'ai cru que je ne parviendrais plus à me relever, il m'a tendu la main et m'a permis d'avancer. Il a été ma constante, l'homme sur qui je pouvais compter, celui qui ne m'aurait jamais laissé tomber.

Il n'attend pas de remerciement, n'attend aucune reconnaissance, mais parfois, je me dis que nous sommes trop différents pour que notre relation tienne sur la durée. Trop abîmés par notre passé pour parvenir à fonctionner correctement. Un passé que lui est parvenu à surmonter, alors que moi, je suis toujours en train de patauger, de me débattre pour ne pas laisser le courant m'emporter. J'ai fait des progrès, j'ai arrêté les médicaments, j'ai cessé de voir l'alcool comme une solution, mais il me reste tant de chemin à faire que parfois, j'ai juste envie de me noyer.

Et pourtant, le temps qui passe ne cesse de me faire mentir. Parce qu'à chaque fois que j'ai cru que lui et moi, nous n'avions aucun avenir, Colt m'a prouvé le contraire. Il s'est battu pour nous, alors que j'en étais incapable, et même encore aujourd'hui, lorsque je commence à baisser les bras, il m'oblige à accepter la réalité : lui et moi, nous avons été une évidence, et les épreuves que nous avons traversées, seuls ou ensemble, n'ont fait que cimenter des sentiments qui n'ont cessé de grandir chaque jour que Dieu fait.

Alors ce soir, au lieu de me terrer dans l'appartement et d'attendre son retour, au lieu de me morfondre comme je pourrais le faire en son absence, je décide de prendre le taureau par les cornes. Ce n'est peut-être pas grand-chose, juste un dîner – et j'espère plus si affinités –, mais j'espère lui montrer que si nous voulons passer du temps ensemble, il suffit de nous en donner les moyens.

Sous la douche, je prends le temps d'évacuer le stress de cette journée, de me préparer pour la soirée. Je me fais des films, m'imaginant à quel point nous pourrions nous montrer entreprenants, jusqu'où nous pourrions aller. J'ai envie de vivre à fond ces quelques heures, d'oser… comme Colt m'a si bien appris à le faire.

Longtemps, on m'a fait croire que le sexe entre hommes était sale, amoral. Que mes désirs, mes besoins étaient malsains.

On m'a obligé à renier qui j'étais, on m'a façonné, on m'a forcé à enfouir mes envies, mon essence, jusqu'à m'oublier. Peu importait mon mal-être, ma douleur, mon envie de fermer les yeux pour ne plus jamais les rouvrir. Du moment que je me conformais à ce qu'on attendait de moi. Du moment que j'étais un bon petit soldat.

Et Colt est entré dans ma vie, et a retourné mon monde. Il m'a montré un chemin que je m'étais toujours refusé d'emprunter. Il m'a montré que l'important, c'était d'être en paix avec soi-même, de s'accepter. C'est un long chemin, et je suis toujours en train de trébucher, mais avec Colt à mes côtés, je suis persuadé que tout ira bien.

Et même si c'est dur, parfois, même s'il m'arrive de vouloir baisser les bras, chaque jour qui passe me conforte dans cette idée.

En déposant une noisette de shampoing dans ma paume, mon attention se rive sur mon poignet. Celui où mon tatouage d'ailes repose juste sous ma cicatrice. Je laisse mon regard errer sur l'encre, me souvenant du jour où je l'ai fait faire. Aux yeux du monde, ce n'est peut-être pas grand-chose, juste un petit dessin. Pour moi, il est tout. Et quand mes idées noires cherchent à reprendre le dessus, je me concentre sur ces ailes, sur leur signification, et je me rappelle le chemin parcouru. Je me rappelle que je suis plus fort que je ne l'étais, et surtout, que je ne suis plus seul. Me laisser sombrer, ce ne serait pas uniquement lâche, ce serait également égoïste. Et je refuse de l'être. Quand les choses vont vraiment mal, quand je sais que je suis sur le point de lâcher prise, je ne recule plus devant l'évidence, je n'essaie plus de cacher ma souffrance, je ne me referme plus sur moi-même. Je demande de l'aide.

À Colt quand il peut me gérer, à ma psy, quand les choses deviennent trop compliquées. C'est agréable, de savoir qu'il y a des personnes sur lesquelles je peux compter.

Parfois, il m'arrive même d'appeler Angelina, parce que de toutes les personnes que je connais, elle est la seule à savoir exactement ce que j'ai traversé. Et pour cause, elle a subi le même traumatisme que moi. Elle a été forcée à devenir quelqu'un d'autre, à renier sa personnalité. Durant deux ans, sous couvert d'une relation amoureuse montée de toutes pièces qui devait aboutir à un mariage, nous nous sommes rapprochés, nous nous sommes aimés. Et même si elle est loin, désormais, en train de vivre sa meilleure vie avec Sophia, je sais que je pourrai toujours bénéficier de son soutien.

Je pousse un soupir et cligne des paupières, déviant le regard de mon tatouage pour finir de me laver.

Colt m'attend – même s'il l'ignore – et je n'ai pas envie de perdre de temps.

Une fois propre, je m'essuie rapidement avant de me diriger vers notre chambre, cherchant de quoi me vêtir. C'est alors qu'une idée me vient. Je souris en fouillant dans le tiroir de la commode, sentant déjà un pic de désir poindre en imaginant le regard de Colt sur moi, au moment où il me découvrira.

J'ai hâte de le retrouver.

CHAPITRE 3
Coll

La musique résonne dans les haut-parleurs du garage tandis que je m'occupe de la dernière moto de la soirée. Encore une heure ou deux, et je pourrai enfin rentrer. Je ne me presse pas, pourtant, prenant le temps de faire mon boulot correctement.

L'endroit est désert désormais, faisant de moi la seule âme dans cet atelier aux relents d'essence et d'huile de moteur.

J'éponge la sueur sur mon front et m'essuie sur mon tee-shirt taché. Mes muscles commencent à me tirer d'une journée bien trop longue. Je me redresse, prêt à prendre une pause et à me faire couler un café, lorsqu'un bruit de grattement résonne dans le garage. Je regarde autour de moi, m'attendant à découvrir… peut-être un rat ? Ce ne serait pas la première fois. Mes yeux se plissent, je tends l'oreille. Rien. Peut-être que ce n'est que le fruit de mon imagination.

Rapidement, le bruit reprend, plus fort cette fois. Je coupe la musique et comprends aussitôt que ce ne sont que des coups contre la porte métallique.

Bordel de merde.

Je passe une main dans mes cheveux et me dirige vers l'entrée, prêt à dégager l'opportun qui me dérange à une heure pareille. À croire que certains ne savent pas lire un panneau avec les heures d'ouverture. Tout en enfilant mon blouson, je fais le tour de la pièce, traverse le bureau d'accueil, et déverrouille la porte en verre menant sur le petit parking. La clochette émet un tintement qui résonne dans le silence soudain.

Un courant d'air froid me fait frissonner, et je tourne la tête, apercevant une silhouette plongée dans la pénombre.

— Je peux vous aider ? criè-je.

— Ça dépend.

Passé la surprise de retrouver Daniel ici, un sourire se dessine sur mes lèvres en entendant cette voix familière. Je sors une clope de ma poche et profite d'être dehors pour l'allumer. Je me dirige vers Daniel, qui n'a pas bougé. Un grand sac en papier dans une main, son portable dans l'autre.

— Ça dépend de quoi ? demandé-je en arrivant à sa hauteur.

— De si vous arrivez à trouver mon mec. Il ne répond pas au téléphone et je commence à m'inquiéter.

Mon mec.

Marrant comme je ne me lasserai jamais de certaines choses. Daniel, debout devant moi, son écharpe autour du cou, ses cheveux flottant dans le vent de février, qui m'appelle son mec, en fait partie.

Je souris et tire une taffe de ma clope, en profitant pour l'observer. Ses cheveux sont bien peignés, et il est rasé de près, signe qu'il vient de prendre une douche. Ce matin, quand il est parti bosser, sa mâchoire arborait encore son chaume.

— Vous avez pensé à lancer un avis de recherche ? demandé-je en laissant la fumée s'élever dans l'air.

Daniel fronce les sourcils.

— Ça me paraît un peu extrême.

J'avance d'un pas, me retrouvant quasiment plaqué contre lui. Nos regards s'ancrent l'un à l'autre, et je me penche pour l'embrasser.

— Salut, chaton, murmuré-je contre ses lèvres froides.

— Salut. J'ai apporté le dîner.

Il soulève le sac et je jette un coup d'œil curieux à l'intérieur avant de relever la tête.

— C'est vraiment toi le meilleur.

— Je sais. On me le dit souvent, réplique-t-il d'un ton taquin.

— Quelqu'un est en train de prendre la grosse tête.

— Quelqu'un est surtout en train de geler sur place. On peut rentrer ?

Je tire une dernière taffe de ma clope et l'écrase sous ma botte avant d'attraper Daniel par les pans de sa veste et de le tirer contre moi. Je plaque ma bouche contre la sienne, glissant ma langue entre ses lèvres. Daniel gémit et se coule dans mon étreinte, approfondissant notre baiser. Nous nous embrassons un long moment avant de nous séparer.

— Tu as plus chaud, maintenant ? m'enquiers-je d'une voix un peu trop rauque pour être honnête.

Il sourit et frotte son nez contre le mien.

— Ouais. Mais c'est moche de m'allumer comme ça et de me laisser en plan.

— Qui a dit que j'allais te laisser en plan ?

Malgré la pénombre, je le vois rougir avant de secouer la tête. Puis j'attrape son poignet qui tient encore son portable et l'entraîne à ma suite à l'intérieur du garage, pressé de pouvoir lui ôter son manteau pour toucher sa peau.

De retour dans le bureau, j'ôte mon blouson et laisse Daniel faire de même avec son écharpe et son manteau. Une fois plus à l'aise, nous pénétrons dans l'atelier.

— On a une petite salle de repos, si tu veux qu'on se pose là-bas pour dîner.

Daniel secoue la tête et me déshabille du regard. Il s'attarde sur mes bras découverts, sur mes mains. Mes tatouages l'ont toujours hypnotisé, et c'est encore le cas, plusieurs années après. Je crois que le contraste entre son corps, pale et vierge de tout dessin – si ce n'est celui sur son poignet – et le mien, pratiquement intégralement encré, le fascine.

Il tend le bras et essuie une trace de graisse sur mon front, avant de passer ses mains sous mon tee-shirt tâché.

— Désolé. Ce n'est pas vraiment la tenue idéale pour une soirée de Saint-Valentin.

Cela dit, vu la façon dont il me fixe, comme s'il avait envie de me bouffer, ça n'a pas l'air de le déranger.

Il niche son nez dans mon cou, avant de lécher ma gorge.

— J'aime cette tenue, souffle-t-il contre ma peau, m'arrachant un frisson. Je te trouve sexy.

Je ricane.

— Ouais ? Tu aimes les mecs couverts de graisse et de cambouis ?

— Pas toi ? s'enquiert-il.

— Non.

— Dommage, parce que j'aurais pu me rouler dedans pour te faire plaisir.

Je souris à sa réplique et me penche vers lui.

— Tu sais ce qui me ferait plaisir, là tout de suite ?

Il secoue la tête, même si je vois bien que sa respiration s'est alourdie. Il me connaît. Il sait à quel genre de réponse s'attendre.

Je me plaque contre lui et verrouille mon regard au sien, empoignant son cul tandis que je commence à onduler contre lui. Nos corps bougent doucement, nos bouches se trouvent, se dévorent. Je lèche sa joue, dévie le long de sa mâchoire, suçote sa gorge.

Daniel passe ses mains sous mon tee-shirt, caresse mon dos, plante ses doigts dans ma peau lorsque je lui donne un coup de reins insistant.

Puis je le relâche pour dézipper mon jean.

— Que tu te mettes à genoux et que tu me suces.

Le regard de Daniel se voile, et il se lèche les lèvres. J'adore le voir aussi réceptif à mes paroles. Tout comme lui adore que je lui parle de manière aussi crue. Longtemps, il a été réticent à formuler ses désirs, à me demander ce qu'il attendait. Il a appris à se lâcher, à ne plus avoir honte, à réclamer. Moi, je n'ai jamais hésité à lui dire ce que je voulais, et je crois que ça l'aide à se désinhiber.

Son regard sur moi me fait frissonner, et j'attrape ma queue pour la libérer de mon boxer et commencer à me branler. Il ne me faut pas longtemps pour durcir à fond, simplement en regardant Daniel qui fixe ma main coulissant sur mon membre, comme s'il n'avait jamais rien vu de plus torride de toute sa vie.

Et là, au milieu de l'atelier, entouré de bécanes, de moteurs, d'outils, Daniel s'agenouille à mes pieds, et sans plus de cérémonie, m'avale tout entier.

Un gémissement rauque s'échappe de ma gorge, et je pose mes mains sur ses épaules pour me stabiliser. Mes paupières papillonnent, mes yeux cherchent à se fermer pour profiter au maximum de ses caresses, de sa langue qui aspire mon gland, de sa main qui me branle tandis que l'autre masse légèrement mes bourses. Mais je ne peux pas résister à l'envie d'admirer Daniel en train de me faire du bien. Ce tableau érotique, décadent, crée un incendie au creux de mes reins.

Et lorsqu'il relâche mes couilles et se débat avec son jean pour sortir sa queue et commencer à se caresser, je suis sur le point de perdre pied.

Je prends une profonde respiration entre mes dents serrées, retardant le moment de jouir, pour profiter plus longtemps de cet instant. Sa queue va et vient dans son poing au rythme de ses lèvres refermées autour de moi.

Il relâche mon sexe pour saisir mon poignet et m'obliger à enfouir mes doigts dans ses cheveux. Je comprends ce qu'il attend : que j'imprime la cadence, que je baise sa sublime bouche. Il veut s'étouffer sur ma queue. Il veut que je prenne le contrôle.

J'aime tellement cette partie de lui. Cette confiance qu'il m'accorde, sachant pertinemment qu'il peut s'en remettre à moi, que je ne profiterai jamais de lui.

— Ouais, putain, chaton, grommelé-je en m'enfonçant profondément entre ses lèvres humides.

Il sourit, la salive coulant sur son menton. Je recule pour le laisser respirer, agrippant ma queue pour caresser son visage rougi. Il rejette la tête en arrière, me laissant lui asséner une bifle tandis qu'il se masturbe de plus en plus vite.

Ses lèvres s'entrouvrent, sa langue pointe, et il tourne la tête, cherchant à avaler de nouveau mon membre.

Je le lui offre avec plaisir, me servant de mes doigts dans ses cheveux pour me pousser tout au fond de sa gorge.

Mon corps est parcouru de tremblements incontrôlables. Mes muscles se tendent, l'orgasme s'empare de moi. Je sors de ses lèvres au moment où une vague de plaisir me transperce de plein fouet, et éjacule sur son visage. Tandis que j'observe mon foutre se déverser sur ses joues, sa bouche, sa mâchoire, je croise son regard, fiévreux et enflammé. Je m'agenouille à mon tour, et il s'étend sur ses coudes, m'offrant son érection. J'agrippe son cul par-dessus son jean ouvert pour le maintenir en position et à mon tour, je referme mes lèvres autour de sa queue, le léchant jusqu'à sentir son sperme gicler dans ma gorge. Je l'avale en gémissant, léchant son gland jusqu'à ce qu'il soit parfaitement propre.

Lorsque je le relâche, Daniel s'effondre pratiquement sur le sol, et je me penche vers lui, nettoyant mon sperme sur son visage de ma langue avant de l'embrasser profondément, mêlant nos saveurs, prenant le temps de recouvrer notre souffle.

Lorsque nous finissons par nous séparer, Daniel arbore un sourire satisfait, et murmure :

— Et si on mangeait... histoire d'arriver rapidement au dessert ?

J'éclate de rire, emprisonne son visage entre mes mains et l'embrasse brièvement.

— Ouais, on va avoir besoin de reprendre des forces, j'ai l'impression.

Bordel. Cette soirée promet d'être exceptionnelle.

CHAPITRE 4
Daniel

Assis par terre, adossé contre une étagère en métal, j'observe Colt travailler. De temps en temps, il s'arrête pour engouffrer un sushi avant de se remettre sur la moto. Pendant ce temps-là, je m'attarde sur son corps. Sur ses mains tatouées qui s'agitent avec dextérité, sur son tee-shirt qui colle à sa peau légèrement humide. J'admire ses muscles bandés, ses avant-bras déliés, son cul qui s'offre à ma vue lorsqu'il se penche en avant. Et je fantasme. Je fantasme à l'idée de le baiser sur cette moto. Ou peut-être que ce serait lui, qui pourrait s'enfoncer en moi. Les deux me vont dans tous les cas. Depuis la première fois où il m'a laissé le prendre, nous avons recommencé. Pas souvent, mais de temps en temps, il se laisse aller, il me laisse prendre les rênes.

— À quoi tu penses ? me demande Colt tandis qu'il s'approche de moi pour choper un sushi.

Je souris et déclare :

— À ce que tu répondrais si je te proposais qu'on baise sur cette moto.

— Je peux appeler le propriétaire et lui demander ce qu'il en pense.

J'éclate de rire et secoue la tête.

— Non, merci.

— Comme tu veux. Mais si jamais ce fantasme te trotte encore dans l'esprit... la mienne est juste là.

Il pointe le doigt vers sa Ducati, immobile dans un coin du garage. Colt et les motos, c'est une grande histoire d'amour, à tel point que parfois, j'en serais presque jaloux.

Il a revendu l'ancienne un peu avant Noël pour acheter celle-là. Un Noël que nous avons passé tous les deux, seuls à l'appartement. Nous ne nous sommes pas fait de cadeaux, parce que nous n'avions besoin de rien, mais il m'a tout de même offert le plus beau des présents. Il est venu avec moi à la messe de minuit.

Ça a toujours été une tradition au sein de ma famille. Mais elle l'était pour de mauvaises raisons. Étrangement, j'aurais cru que l'absence de mes parents serait plus douloureuse que ça, mais ce n'était pas le cas, parce que la personne qui comptait le plus au monde était présente à mes côtés. Colton est athée, mais n'a jamais jugé mes croyances.

Au contraire, c'est aussi grâce à lui, si j'ai réussi à renouer avec le Seigneur.

Inconsciemment, j'effleure la croix qui pend à mon cou, symbole d'une foi que j'avais fini par perdre, avant de la retrouver. Même si je vais moins souvent à l'église qu'avant, je suis heureux d'avoir fait la paix avec Dieu. Heureux d'avoir compris que ce n'était pas lui, que je devais blâmer. Mais des enfoirés qui agissaient en son nom, sous couvert d'une religion à laquelle ils n'avaient rien compris.

Je ferme les yeux devant l'afflux d'images qui m'assaille, faisant de mon mieux pour les repousser. Ces images me hantent encore, elles me hanteront toujours.

Je pousse un soupir et secoue la tête, replongeant dans le présent. Je n'ai pas l'intention de gâcher cette soirée avec des souvenirs amers.

J'enfourne un autre sushi et l'accompagne avec une gorgée de soda.

Colt me scrute, et je me rends compte que je n'ai pas répondu à sa proposition. Je souris et avise la moto sur laquelle il bosse.

— Finis ce que tu es en train de faire… ensuite, j'ai peut-être une surprise pour toi.

Je ne crois pas qu'il ait remarqué ce que je portais sous mon jean tout à l'heure, trop occupé à avaler ma queue.

Ses yeux s'écarquillent et son sourire s'agrandit.

— Du genre ?

— Si je te le dis, ce ne sera plus une surprise.

Il éclate de rire et se penche vers moi pour m'embrasser avant de repartir au boulot.

Je crois que je pourrais le regarder travailler pendant des heures. Le seul problème, c'est que dès que je m'attarde trop longtemps sur ses mains, je finis par les imaginer sur moi, et je bande. Comme c'est rapidement le cas en cet instant. Étrange comme un rien suffit à m'embraser lorsqu'il s'agit de Colt. Malgré tout, je le laisse bosser en silence, sans l'interrompre, me gorgeant de cette vision, de la manière dont il bouge, dont son corps musclé s'étire lorsqu'il fouille sur une étagère, son tee-shirt se relevant pour laisser apparaître un bout de peau tatouée. Ma gorge s'assèche en pensant à la manière dont je voudrais retracer ses dessins avec ma langue.

J'étends les jambes, appuie légèrement sur mon érection pour me soulager. Colt me jette un coup d'œil rapide et sourit, très conscient de l'effet qu'il me fait.

— Apparemment, un orgasme n'est pas suffisant, chantonne-t-il.

— Va te faire foutre, grommelé-je à l'instant où il démarre la moto.

— Quoi ? Je ne t'entends pas.

C'est ça.

Le bruit du moteur envahit l'atelier, et après quelques essais sur l'accélérateur, il finit par éteindre la bécane et récupérer un chiffon pour s'essuyer les mains.

Je souris en voyant son visage légèrement humide de sueur, des taches de cambouis sur son front et sa joue. Soudain, je n'y tiens plus. J'ai besoin de le toucher. Tout de suite.

Je me relève prestement et avance vers lui avant de le plaquer contre l'étagère en métal, si violemment que le meuble tremble. Colt écarquille les yeux de surprise tandis que je retiens de justesse un bidon prêt à s'effondrer sur le sol.

Sans attendre, je fonds sur sa bouche, mords ses lèvres avant d'y glisser ma langue. Mes mains glissent sous son tee-shirt pour le relever.

— J'ai besoin de ta peau, Colt.

Il sourit, finit d'enlever son haut, et je prends le temps d'admirer son torse, toujours aussi ciselé. Même si son corps n'est plus son outil de travail, il n'a jamais arrêté de l'entretenir, et je ne compte pas m'en plaindre. J'aime sentir ses abdominaux sous mes doigts, j'aime la fermeté de ses muscles, ses pectoraux développés. Je me penche et saisis un téton entre mes lèvres avant de l'aspirer. Colt rejette la tête en arrière et s'agrippe à la barre d'une étagère derrière lui.

— C'est moi que tu devrais toucher, déclaré-je, en profitant pour retirer mon pull.

Je ne veux aucune barrière entre nous, je veux sentir sa chaleur, son odeur m'envelopper dans ce cocon de luxure qui n'appartient qu'à nous.

Il rit et pose ses mains sur mes épaules, grimace en voyant l'état de ses doigts.

— Attends, laisse-moi me laver les mains.

— Non, soufflé-je, et Colt fronce les sourcils.

— Je vais te mettre du cambouis partout.

Cette idée ne devrait pas m'exciter autant, pourtant, c'est le cas. Tous les deux, huileux et couverts de graisse, en train d'onduler ensemble... putain, ça me tente carrément.

— On prendra une douche ensemble en rentrant. Pour l'instant... ça ne me dérange pas de me salir un peu.

— Ouais, j'ai remarqué, murmure Colt et il se penche vers moi pour capturer ma bouche.

Ses mains emprisonnent mon visage, et nos lèvres humides et gonflées glissent les unes contre les autres. Je laisse mes paumes vagabonder sur sa peau, remontant le long de son sternum, descendant sur son dos. Je gémis lorsque Colt rue contre moi, son érection frottant contre la mienne. Nos torses nus soudés, j'ai l'impression que nous ne faisons qu'un.

Puis je saisis ses hanches, l'obligeant à faire volte-face, et le pousse de nouveau contre l'étagère.

Son dos est une œuvre d'art que je ne me lasserai jamais d'admirer. Tous ces dessins, imbriqués les uns aux autres, c'est incroyablement beau, et profondément torride.

Je lèche ses tatouages, mords sa peau, sentant Colt frissonner sous moi. Je prends mon temps, ne souhaitant oublier aucune parcelle.

— J'attends toujours ma surprise, halète Colt, se cambrant lorsque je lèche sa colonne vertébrale.

Je ris et le plaque de nouveau contre moi, son dos contre mon torse, et pose mon front contre son épaule.

— Laisse-moi juste reprendre mon souffle avant.

Nous restons un petit moment enlacés, à profiter de la présence de l'autre, avant que je finisse par me détacher de lui. Je l'attrape par la main et l'entraîne vers sa moto.

— Tu veux vraiment que je te baise là-dessus, pas vrai ? demande-t-il en me jetant un regard enflammé.

Je hoche la tête et réponds :

— Ouais. Mais pour l'instant, je veux que tu fermes les yeux.

Colt obéit de bonne grâce, un sourire flottant sur ses lèvres. Je ne perds pas de temps et récupère le matériel caché au fond du sac en papier.

— Qu'est-ce que tu fabriques ? s'enquiert Colt, qui n'a pas bougé.

Je me déshabille rapidement, abandonnant mes fringues dans un coin, et tressaille lorsque la fraîcheur de la pièce s'invite sur mes fesses nues.

Une fois prêt, je me positionne sur la moto, bassin cambré, offert à l'homme de ma vie.

— Tu peux les ouvrir.

L'espace d'un instant, seul le silence me répond. Et je me demande si j'en ai trop fait. Je tourne la tête vers Colt, et son regard affamé me rassure, même si je me sens un peu trop exposé.

— Chaton, tu es… la chose la plus sexy que j'ai vue de toute ma vie.

Finalement, je crois que j'ai eu une bonne idée.

CHAPITRE 5
Coll

L'espace d'un instant, j'ai du mal à croire à la vision qui s'offre à moi. Je cligne des paupières plusieurs fois pour m'assurer que je ne rêve pas. Que je ne suis pas en plein fantasme.

Je n'ose pas bouger ni respirer, encore moins tendre le bras pour toucher Daniel, de crainte que cette illusion s'évanouisse.

Sauf que ce n'est pas une illusion. Il est bien réel. Devant moi, pratiquement nu, cambré, son cul rond mis en valeur par un jockstrap noir qui contraste avec la pâleur de sa peau, le haut de son dos prisonnier par un harnais en cuir.

Bordel de merde.

— Si tu ne me touches pas tout de suite, je me rhabille et je m'en vais, grommelle Daniel et je me rends compte qu'il est mal à l'aise, offert à ma vue, cambré sur la moto, attendant… m'attendant, moi.

Je comble la distance qui nous sépare de quelques pas, mais je n'obéis pas immédiatement à sa demande. Je veux continuer de le regarder, je veux imprimer cette image sur ma rétine pour ne jamais l'oublier.

Le problème, c'est que je ne sais plus où poser les yeux. Ses fesses m'attirent, me donnant envie de m'enfouir entre elles, mais le cuir qui ceinture son dos et ses épaules… putain, je pourrais presque jouir de le voir ainsi. Son corps, mince, élancé, semble fait pour porter un putain de harnais.

— Désolé, murmuré-je, mais tu es… magnifique. Je pourrais passer des heures à te regarder.

Daniel rougit, et son agacement fond aussitôt, remplacé par un sourire en coin.

— C'est tentant, mais là tout de suite, j'ai d'autres plans en tête.

— Lesquels ?

Il lève les yeux au ciel et remue son cul.

— Devine.

Un grondement rauque s'échappe de ma gorge lorsqu'il écarte les jambes. Je finis par poser mes mains sur ses cuisses, laissant des traces noires lorsque je passe mes doigts sur sa peau. Je me penche vers Daniel, dépose des baisers le long de sa colonne vertébrale. Il se tortille contre moi, impatient. Je souris et enlace sa taille pour le plaquer contre mon torse. Il tend les bras derrière lui pour les passer autour de mon cou, et nos bouches s'épousent. Nous nous embrassons fiévreusement tandis qu'il se frotte contre mon jean jusqu'à ce que je sois si dur que ma queue me fait mal.

Ma paume s'aventure sur son torse, je fais rouler mon pouce sur ses tétons, provoquant un gémissement rauque de la part de Daniel qui s'arque davantage, léchant ma bouche.

Le cuir de son harnais s'enfonce dans ma peau, j'attrape la sangle de devant et tire dessus d'un coup sec. Il crie, bascule, et je profite que son dos pâle, si parfait, même sous la lumière crue de l'atelier, soit à portée de ma langue pour goûter sa peau. J'enfouis ma tête contre sa nuque, respire son odeur, suce la jonction entre son cou et son épaule, laissant une marque rouge sur sa chair.

— Colt, soupire-t-il, et mon prénom prononcé avec tant de dévotion me file la chair de poule.

Je libère Daniel pour ouvrir mon jean et le descendre, accompagné de mon sous-vêtement, jusqu'à mes cuisses.

Je sais qu'il aime autant que moi ce contraste. Lui, nu, ses pieds fermement plantés dans le sol, tandis que je porte encore mon jean et mes boots. Je lèche de nouveau sa peau, puis m'agenouille devant son cul. Daniel gémit quand je le gifle doucement, ses muscles se contractant. Et lorsque j'écarte ses fesses, dévoilant son anneau serré, je l'entends retenir sa respiration.

— Dis-moi ce que tu veux, soufflé-je, et il tressaille à mes mots.

Les premiers mots que j'ai prononcés un soir au *Stained*, quand je me suis décidé à l'approcher. Des mots qui ont tout changé. L'effet papillon d'une phrase anodine qui a bousculé notre présent, notre futur, notre vie entière.

Je me souviens de ce soir-là comme si c'était hier, même après toutes ces années. Je me souviens de son mutisme, de son air effrayé, de la façon dont il s'est enfui. Tellement d'événements ont eu lieu depuis. Le pire, oui, mais aussi le meilleur.

Et c'est de ça dont je veux me rappeler. Des instants volés que nous avons partagés, de cette connexion immédiate qui nous a liés. Je veux me souvenir de notre premier baiser, quand le monde autour de nous a cessé d'exister. Je veux me souvenir de son premier « je t'aime ». Un « je t'aime » doux-amer, après qu'il m'a raconté ce qu'il avait subi, mais un « je t'aime » tellement sincère, que j'ai cru que mon cœur allait exploser.

— Je veux tout, Colt. Je veux te sentir partout sur moi, en moi.

Je souris à ses paroles, à ce besoin audible dans sa voix. J'aime qu'il n'hésite plus à formuler ses désirs, qu'il sache que je suis prêt à réaliser chacun d'eux.

Il veut que je rampe sous sa peau, jusqu'à ne plus savoir où je commence et où lui finit.

Et je veux lui donner ce « tout ». Je veux que plus jamais, jamais, Daniel ne se sente seul, effrayé, triste. Je veux le voir sourire chaque jour, je veux qu'il se sente aimé, chéri, adulé. Je veux qu'il comprenne avec certitude qu'il est la meilleure chose qui me soit arrivée.

Je retrace son sillon de ma langue avant de l'enfoncer en lui. Daniel gémit et se pousse sur moi dans une demande silencieuse.

— Baise-moi, Colt, je t'en supplie.

Pas si silencieuse que ça, finalement.

Alors j'obéis, j'y vais à fond, écartant davantage ses lobes, glissant ma langue aussi loin que je peux, avant de ressortir pour m'attarder sur son périnée.

— Dis-moi que tu as ramené du lubrifiant, déclaré-je avant d'embrasser ses fesses.

J'ai à peine le temps de finir ma phrase que Daniel laisse échapper un flacon de sa main. Il roule sur le sol et je m'en empare avant qu'il finisse sous l'un des meubles.

— Un vrai scout, ricane-t-il.

Je ris. Ouais.

— Tu avais tout prévu, hein ?

— Évidemment.

Il tourne la tête vers moi et son regard amusé croise le mien.

— Alors, tu ne m'en veux pas ? demandé-je.

— J'ai deux questions. La première : à quel propos ? La seconde : est-ce que c'est vraiment le moment d'avoir cette conversation ? Ou n'importe quelle conversation, d'ailleurs ?

— Ça en fait trois.

— Ferme-là et baise-moi.

— J'aime quand tu es aussi directif, soufflé-je avant de reprendre mes caresses.

La réponse de Daniel se meurt dans sa gorge, et il rue une nouvelle fois contre moi tandis que ma langue s'enfonce en lui.

Lorsque j'estime qu'il est prêt, je me redresse et lui tends la bouteille de lubrifiant.

— Je préfère éviter de me servir de mes mains, alors je vais avoir besoin des tiennes.

Un léger sourire recourbe ses lèvres, et il dépose du gel sur sa paume avant de saisir mon érection.

Je siffle entre mes dents tandis qu'il me masturbe, et je ne peux empêcher mon regard de s'attarder sur le renflement visible sous le jockstrap. J'aime voir combien mes caresses l'excitent, en atteste la tache sur le tissu.

Une fois ma verge glissante, il sort son membre et se branle rapidement pour se débarrasser du reste de lubrifiant.

— Comment tu me veux ? demande-t-il.

Ses paroles m'arrachent un frisson qui dévale mon échine et enflamme mes reins. J'attrape sa gorge et la serre légèrement avant d'écraser ma bouche sur la sienne. J'avale ses gémissements, lui offre les miens, et l'espace d'un long moment, nous nous perdons dans un baiser dévastateur.

Nos érections s'enfoncent l'une contre l'autre, et dans ma tête, les images d'un Daniel, ouvert, bien baisé, du sperme coulant le long de ses cuisses, m'envahissent.

— Allongé sur cette putain de moto, ton cul offert à ma queue.

Ses yeux clairs s'enflamment, et il hoche la tête. Ce ne sera pas très confortable, mais je n'ai pas l'intention de faire durer les choses.

Malgré mon orgasme de tout à l'heure, je suis toujours aussi affamé.

Affamé de sa peau, affamé de ses cris, affamé de son cul, de son corps, de son âme.

Nous n'avons pas baisé depuis plusieurs jours, et je compte bien me rattraper.

Une fois en place, je me glisse derrière lui, la moto entre les jambes. L'assise est suffisamment longue pour qu'il puisse s'étendre un peu, mais il va devoir se servir des muscles de ses jambes pour ne pas tomber quand je vais le pilonner.

— Relève le bassin, chaton.

Bordel de merde. Là encore, je pourrais tout arrêter et me contenter de le mater. Qui aurait cru qu'un jockstrap serait aussi sexy ? De mes doigts, j'écarte ses fesses, découvrant ce joli petit trou qui n'attend que moi. Puis je glisse jusqu'à ce que mon gland frappe son entrée avant de saisir ses mollets pour placer ses pieds derrière moi et le soulager un peu.

Je laisse courir ma longueur entre ses fesses, jusqu'à ce que Daniel finisse par se tortiller d'impatience. Et sans plus attendre, je m'enfonce en lui.

CHAPITRE 6
Daniel

Je m'accroche aux poignées de la moto tandis que Colt me pénètre d'un seul coup de reins. Un pic de douleur m'assaille, disparaissant rapidement au profit d'un plaisir qui ne cesse de m'étonner. Avant lui, je ne connaissais rien au sexe, et depuis que j'ai découvert ce que c'était, d'être rempli, d'être baisé, brutalement ou doucement, je ne cesse d'être émerveillé par les sensations que son membre enfoui en moi me procure.

Cette plénitude, tandis qu'il va et vient en moi, ces grognements qui envahissent la pièce, ces mots murmurés entre ses dents serrées font battre mon cœur tellement vite, tellement fort, que je crains toujours qu'il finisse par exploser.

Je le laisse me prendre, le laisse me baiser, le laisse m'aimer.

Ses mains agrippent ma taille, ses doigts s'enfoncent dans ma peau, et malgré l'inconfort que je ressens, il est vite relégué au second plan face à l'incendie qui se déverse dans mes veines, menaçant de tout brûler.

Rapidement, Colt m'impose un rythme implacable, comme s'il voulait rattraper au plus vite toutes ces heures durant lesquelles nous n'avons pas pu nous toucher. Et je m'en remets à lui, à ses coups de boutoir qui me rendent fou, à ses jurons de plaisir qui m'embrasent tout entier.

C'est alors qu'il ralentit, entrant et sortant de moi dans un rythme presque trop doux. Je sais qu'il le fait exprès, qu'il cherche à me frustrer pour mieux me faire décoller.

Mes muscles brûlent, et je commence à trembler.

— Tu es en train de fatiguer ?

Je hoche la tête, même si je voudrais que jamais il ne s'arrête.

— Attends.

Lorsque sa queue sort complètement de moi et que plus aucune parcelle de sa peau n'est connectée à la mienne, le manque est immédiat. Colt saisit mon harnais et m'oblige à me redresser. À califourchon sur la moto, je le laisse descendre et se poster à côté de moi. Sa bouche trouve la mienne et il m'embrasse doucement tandis que sa main se pose sur ma queue.

— J'ai une autre idée, souffle-t-il contre mes lèvres.

— Laquelle ?

Pour toute réponse, il me tend la main et je passe ma jambe par-dessus la selle avant de me retrouver debout sur le sol.

Colt m'entraîne vers les étagères en métal, et me positionne dos à lui.

— Tiens-toi bien, Chaton. Parce que je ne vais pas y aller doucement.

Je ravale mon gémissement et me tourne vers lui, vers ses yeux bruns légèrement voilés, et je souris. Il passe une main dans ses cheveux, dont la couleur rousse est plus foncée sur ses tempes humides de sueur. Je m'attarde sur ses lèvres, gonflées de nos baisers, et je me penche vers l'arrière.

— Embrasse-moi, supplié-je.

Colt s'exécute. Sa bouche fond sur la mienne, nos lèvres glissent les unes contre les autres avant de se souder dans une étreinte fougueuse et torride. Ses doigts agrippent mes cheveux, sa langue court le long de mon épaule, de ma gorge, de ma nuque. Je frissonne, gémis, supplie qu'il me prenne de nouveau.

— Tes mains, gronde-t-il.

Docile, je fais ce qu'on me demande, attrape les barres de métal et me penche en avant. J'ai à peine le temps d'expirer un long souffle que Colt est de nouveau en moi, m'étirant, me remplissant.

L'étagère tremble au rythme de ses coups de reins, et je prie pour qu'elle ne nous tombe pas dessus.

Puis Colt saisit mon harnais et s'en sert pour me pousser sur son membre.

— Baise-toi sur moi, chaton. Je veux regarder ton cul avaler ma queue.

Je m'enflamme sous ses mots crus, et me rue contre lui. De plus en plus vite, c'est à mon tour d'imprimer la cadence, criant quand notre étreinte devient trop intense. Je n'en peux plus, j'ai besoin de jouir. Mon érection est si douloureuse que si je ne me touche pas tout de suite, je vais devenir fou.

— J'ai besoin… putain ! hurlé-je lorsque Colt m'immobilise pour me pénétrer avec violence.

Mes yeux se ferment, j'ai l'impression d'avoir plongé tête la première dans un ciel rempli d'étoiles.

J'ose tout de même libérer une de mes mains pour la poser sur mon sexe, avide de cet orgasme qui gronde sous ma peau sans que je le laisse s'échapper. Colt me voit, et il ralentit ses coups de reins, m'autorisant implicitement à me soulager. Sa main tatouée recouvre la mienne, et comme à chaque fois, je ne peux m'empêcher d'être ensorcelé par ce contraste.

Colt est différent de tous les gens que j'ai connus. Différent de toutes les personnes que j'ai fréquentées. Et je crois que c'est ce qui m'a aussitôt fasciné chez lui. Ce n'était même pas son attitude ni son assurance. Pas au début. Au début, je n'ai vu que ses tatouages dévoilés sur ce corps d'acier. À l'époque, je ne comprenais pas ce qu'ils signifiaient, parce que je ne savais rien des épreuves qu'il a traversées, de la violence qu'il a endurée, mais déjà, il m'avait subjugué. Derrière mon écran, je n'en avais jamais assez. Il a été mon fantasme le plus décadent, il est devenu ma réalité la plus précieuse.

— Je t'aime, soufflé-je en me tournant vers lui, incapable de garder pour moi l'étendue de l'amour que je ressens pour lui, en cet instant, quotidiennement.

— Je sais, chaton, répond-il en souriant, sans jamais cesser d'aller et venir en moi, sans jamais cesser de me caresser.

Je réponds à son sourire, qu'il fait disparaître de ses baisers. Et lorsque l'extase s'empare de moi, lorsque mes muscles se crispent et que je jouis, me déversant sur sa main, il s'enfonce brutalement en moi, jouissant dans mon corps, en murmurant :

— Je t'aime aussi.

Reprendre notre souffle nous demande du temps. Mes jambes sont faites de coton et j'ai envie de me laisser glisser sur le sol pour me reposer. Colt le devine, et il sort rapidement un chiffon propre de l'étagère qu'il déplie par terre.

— Assieds-toi là-dessus.

— Tu as peur que ton sperme laisse des traces ?

— J'ai surtout peur que tu te gèles le cul, ricane-t-il en remontant son pantalon sans toutefois le refermer.

C'est vrai. Contrairement à lui, je suis toujours à poil, et ce n'est pas mon jockstrap qui va me protéger du froid.

Colt se coule derrière moi et m'incite à m'allonger entre ses jambes. Mon dos se colle contre son torse humide et je pose l'arrière de ma tête sur son épaule, essayant de recouvrer ma respiration.

De ses doigts, il ôte des mèches plaquées sur mon front, embrasse mon oreille, ma joue.

— Alors ? Ce fantasme ? demande-t-il d'une voix légère.

Je m'esclaffe et ferme les yeux.

— Explosé en plein vol. Il n'a pas soutenu la comparaison face à la réalité.

— Tant mieux.

— Ouais ?

— Ouais. Parce que ça veut dire que rien ne pourra surpasser notre réalité, chaton.

Mon cœur rate un battement devant ses mots lourds de sens. *Notre réalité.*

— Alors je devrais peut-être arrêter les fantasmes.

— Ou alors, tu pourrais en trouver de nouveaux à réaliser, répond Colt avec un clin d'œil.

Et moi, je souris, je souris tellement que mon visage est sur le point de se fendre en deux. Je ne sais pas qui je dois remercier pour avoir fait en sorte que nos chemins se croisent, mais une chose est sûre, ma vie a pris un tournant à 360° lorsque Colt y est entré, et je me fais la promesse de ne jamais l'oublier.

CHAPITRE 7
Coll

Le vent frais de février s'engouffre à travers le col de ma veste tandis que je roule à vive allure dans les rues de Brooklyn, les bras de Daniel autour de ma taille. J'adore ces moments-là, tous les deux sur ma moto, son corps plaqué contre le mien. Ils sont beaucoup trop rares à mon goût, mais je me fais la promesse que très bientôt, nous partirons pour un nouveau road trip, rien que tous les deux.

En attendant, je fais durer le plaisir en prenant le chemin le plus long, me perdant dans les rues encore animées de New York. À travers les fenêtres des restaurants, j'aperçois des couples en train de dîner, et si au début, je m'en suis voulu d'avoir foutu nos plans à l'eau, je ne le regrette plus.

Cette soirée a été… exceptionnelle. Je suis toujours aussi surpris de constater combien je n'ai pas besoin de grand-chose, pourvu que je sois avec Daniel.

Je suis également surpris de constater combien sa présence me suffit. Avant lui, j'ai connu des tas de types, j'ai enchaîné les conquêtes, baisant des mecs sans nom, sans visage. Ça me rendait fier, de les voir se pavaner devant moi, ça me rendait puissant. Et surtout, ça m'aidait à oublier. Je me servais de ces types comme on s'était servi de moi, m'arrachant à mon enfance, me volant mon innocence. Quelque part, je voulais me prouver que mon oncle ne m'avait pas brisé.

Désormais, j'ai presque oublié ce que c'était, de me contenter d'étreintes froides et sans âme. Et je ne regrette pas de les avoir délaissées au profit d'une relation emplie de chaleur, d'amour, et de luxure aussi.

Parce que la vérité, c'est que j'étais brisé, et que même si je dois remercier mon psy pour m'avoir aidé à affronter mes démons, je dois remercier Daniel pour les avoir fait disparaître totalement.

Depuis que j'ai posé mes yeux sur lui, une fusion s'est créée entre nous. Et malgré toutes ces années perdues, que nous tâchons sans cesse de rattraper, je me demande si j'aurais pu totalement guérir sans lui. S'il m'aurait été possible de faire suffisamment confiance à qui que ce soit pour m'abandonner complètement. Pour offrir mon corps, oui, mais tout le reste aussi. L'essence même de ce que je suis.

Je finis par ralentir devant l'appartement et me gare entre deux voitures. Daniel descend le premier et m'attend pendant que j'accroche l'antivol. J'attrape ensuite sa main libre tandis qu'il fouille dans sa poche pour chercher les clés.

Lorsque nous franchissons enfin la porte d'entrée, je ne perds pas de temps avant de m'écrouler sur le canapé.

— Déjà épuisé, papi ? se moque Daniel, et je lui lance un regard faussement courroucé, ôtant mon blouson que je lui balance à la figure.

Puis je délace mes boots et les enlève d'un coup de pied, attrape une cigarette, la glisse entre mes lèvres, et étends mes jambes sur la table basse.

— Je vais nous faire du café, déclare-t-il une fois son manteau suspendu à la patère de l'entrée.

— Attends...

Daniel s'immobilise et hausse les sourcils.

— Tu voudrais pas enlever ton pull, avant ?

Malgré le fait qu'il lève les yeux au ciel, son sourire ne me trompe pas. Et lorsqu'il dévoile de nouveau son harnais, je suis à deux doigts de me jeter sur lui pour le baiser.

— Ce truc va me rendre vraiment dingue, tu sais.

— Moi qui croyais que tu serais jaloux que je le porte mieux que toi, réplique-t-il en souriant.

Je lui fais un doigt d'honneur et il éclate de rire.

Ce harnais est l'un des nombreux accessoires que j'ai ramenés des tournages, en plus de cadeaux, certains toujours emballés, d'autres que nous avons utilisés tous les deux.

Daniel aime explorer sa sexualité. Une sexualité qui lui a longtemps été reprochée, pour laquelle il a été humilié, pour laquelle il a subi le pire, pour laquelle il a failli ne jamais se relever.

Mais il va de mieux en mieux chaque jour et j'ai grand espoir que ses démons finissent par réellement lui foutre la paix.

Il revient quelques minutes plus tard, deux mugs en main. Il m'en tend un et se laisse tomber à mes côtés. J'attrape son poignet et effleure sa cicatrice du bout de mon pouce avant de la porter à mes lèvres et de lécher son tatouage. Daniel tressaille, mais il sourit. Il a l'habitude désormais.

— Au fait, tu n'as pas répondu à ma question, déclaré-je.

— Sur le fait que je t'en veuille ?

— Et moi qui pensais t'avoir baisé suffisamment fort pour que tu oublies ton nom, et tu te souviens même de ça…, dis-je d'un ton faussement déçu.

— La soirée n'est pas encore terminée, répond-il.

— D'où le café. Je comprends mieux.

Daniel éclate de rire et pose sa tête sur mon épaule, le temps que je termine ma cigarette.

— Et non, je ne t'en veux pas. Au contraire. C'était l'occasion de pimenter les choses.

C'est peu de le dire. Ce qui est sûr, c'est que cette soirée restera gravée dans ma mémoire à tout jamais.

Nous ne parlons plus après ça, profitant simplement de la présence de l'autre, trop rare ces derniers temps.

J'aime cette quiétude qui s'empare de nous, j'aime que nous ne cherchions pas à combler le silence. Je crois qu'il n'y a pas de meilleure preuve que nous sommes complètement à l'aise avec l'autre.

Daniel finit par se relever en grimaçant.

— Tu as mal ? demandé-je, inquiet d'y avoir été trop fort.

— Non, ça tiraille un peu... rien qu'une douche ne pourra arranger.

J'écrase ma clope dans le cendrier et me penche vers lui.

— C'est une proposition ?

Daniel sourit et agrippe ma nuque pour m'attirer à lui avant de plaquer sa bouche contre la mienne. Il a la saveur du café, et je plonge ma langue entre ses lèvres pour danser avec la sienne. Mes mains se perdent sur son torse, son dos, et j'entreprends de défaire son harnais. J'en profite pour embrasser son épaule, sa clavicule, aspirer ses tétons entre mes lèvres, l'un après l'autre. Daniel frissonne et enfouit sa main dans mes cheveux, m'attirant contre sa bouche.

— Je ne me lasserai jamais de ta peau, soufflé-je.

— J'espère bien.

— Allez, viens. On devrait se laver. Ça va me réveiller, déclaré-je en me levant.

— Je savais que j'aurais dû opter pour du café plus corsé.

Pour toute réponse, j'assène une tape sur ses fesses, regrettant qu'elles soient couvertes de jean. La bonne nouvelle, c'est que ce problème ne va pas durer très longtemps.

Sous le jet, nous prenons le temps de nous laver mutuellement, ôtant les marques de graisse et de cambouis qui tachent notre peau. Nous sommes tous les deux dans un drôle d'état, mais nous pourrions être couverts de boue que ça ne changerait rien. J'aurais tout autant envie de lui.

Daniel s'attarde longuement sur ma queue, empoignant mes bourses, glissant ses mains savonneuses entre mes fesses.

Je me crispe imperceptiblement avant de me détendre. Il ne s'offusque pas, il sait que j'ai besoin de quelques secondes d'ajustement. Et alors que son intention première n'était que de me laver, peut-être de me titiller, je me retrouve à vouloir le sentir en moi. Ce n'est pas un acte que nous partageons souvent, mais ce soir, j'en ai envie. Et je le lui fais comprendre en me tournant, pour lui permettre d'accéder plus facilement à mon entrée.

Sous la douche, tandis que l'eau chaude se déverse sur nous, que la vapeur se forme dans la petite salle de bains, Daniel s'enfonce en moi.

Notre étreinte est lente, presque paresseuse, et c'est exactement ce qu'il me faut. Un bras autour de mes hanches, il va et vient doucement en moi, il me fait l'amour avec tendresse, avec délicatesse. Je me laisse aller entre ses bras. Sa bouche ouverte aspire les gouttes de mon dos, sa langue retrace mes tatouages. Et moi, je me caresse, en prenant mon temps, voulant faire durer le plaisir, souhaitant ne rien perdre de cette sensation électrique qui se propage en moi, cette chaleur qui grimpe lentement.

Et lorsqu'il me retourne, que nos torses entrent en collision, que sa bouche percute la mienne et que sa main se referme autour de nos deux érections, je gémis, halète, et contre ses lèvres, lui offre mes « je t'aime », aspire les siens.

Cette fois-ci, l'orgasme arrive lentement, m'obligeant à me tendre, à recroqueviller mes orteils. Et c'est sans jamais rompre notre baiser que nous jouissons, presque sans faire de bruit, le silence uniquement perturbé par le chuchotement de l'eau qui nous éclabousse et mon cœur qui me parait sur le point d'éclater.

Et si c'est le cas, si je dois mourir aujourd'hui, alors je mourrais comblé.

Même si je préfère autant rester en vie, pour la passer auprès de lui.

CHAPITRE 8
Daniel

    Adossé contre la tête de lit, je gratte les cordes de ma guitare tandis que Colt me regarde. Je chantonne tout en jouant, et au fur et à mesure que les paroles s'élèvent, le sourire de mon mec s'agrandit. Je crois qu'il ne se lassera jamais d'écouter cette chanson, et ça me rend fier. Surtout quand, de temps en temps, sa voix, plus rauque, presque rocailleuse, se joint à la mienne.
    Je termine par quelques accords, puis laisse la musique s'évaporer.
    Une fois que j'ai posé ma guitare contre la table de chevet, Colt m'attrape et m'oblige à m'allonger. Son regard brun s'ancre dans le mien, et l'affection, l'amour inconditionnel que j'y lis me noue la gorge. Avant lui, personne ne m'avait regardé ainsi, et malgré les années, l'effet reste inchangé.
    — Promets-moi quelque chose, chaton.

Je cligne des paupières, tellement perdu en lui que j'avais oublié où je me trouvais.

— Quoi donc ?

— Promets-moi qu'un jour, on se mariera.

Ma gorge se noue, mes yeux me brûlent. Le mariage a toujours été quelque chose d'important pour moi. Un acte d'amour, avec Dieu pour témoin.

— C'est vraiment ce que tu veux ?

Il hoche la tête, pose sa main sur ma joue.

— Oui, je le veux.

J'éclate de rire et me redresse pour l'embrasser.

— Peut-être pas tout de suite, ajoute-t-il. Mais un jour.

Un jour. Quand les démons auront disparu pour de bon, quand je serai totalement guéri. Et peut-être, peut-être que ce jour-là, mes parents seront près de moi. Peut-être que mon père aura changé d'avis, qu'il aura appris à m'accepter tel que je suis. Je peux attendre, du moment que je suis avec Colt. Nous savons tous les deux que nous n'avons pas besoin de nous passer la bague au doigt pour savoir à quel point notre amour est profond.

— On a tout le temps du monde, pas vrai ? soufflé-je contre ses lèvres.

— C'est vrai. Mais j'aimerais autant pouvoir te prendre pour époux avant d'avoir des cheveux blancs.

Je souris et passe une main dans sa tignasse rousse.

— D'accord. D'ailleurs, en parlant de me prendre…

Je lui lance un clin d'œil aguicheur et j'ai à peine le temps de respirer que je me retrouve plaqué sur le matelas, le grand corps de Colt allongé sur moi, son poids chaud et rassurant me rappelant que je suis protégé, que je suis aimé.

— Tu n'auras pas à me le dire deux fois.

Dans cette chambre où nous avons tant partagé, dans cette chambre où je me sens en sécurité, nous faisons l'amour.

Et quand je finis par m'endormir, le corps chaud de Colt contre le mien, emmitouflés sous la couette, tout ce à quoi je peux penser, c'est à quel point je suis heureux.

FIN

MERCI POUR VOTRE LECTURE !

J'espère que ce bonus vous a plu et je vous souhaite une belle Saint-Valentin !
Si vous avez aimé retrouver Jude & Zane ainsi que Colt & Daniel, n'hésitez pas à laisser votre avis.
On se retrouve très vite pour la suite des aventures de la bande d'« Elites » !

Et un merci tout particulier à Floe, Murielle, Sam & Sandrine pour m'avoir suivie dans cette nouvelle aventure !

Printed in France by Amazon
Brétigny-sur-Orge, FR

20702678R00067